闻香少女

爱伊莎

II

奥乐稻的呼声

[日] 上桥菜穗子——著　李　青——译

SPM 南方传媒 | 新世纪出版社
· 广州 ·

主要人物介绍

爱伊莎·凯尔安： 拥有敏锐嗅觉的少女。西坎塔鲁藩王的孙女。

奥拉姆： 高级香使。新卡修加家族的亲戚。

米莉雅·奥格达： 奥格达藩王母，奥格达藩王阿古亚的母亲。

米吉玛·奥尔卡修加： 效力于香君宫的高级香使。拉奥的次女。

伊尔·卡修加： 新卡修加家族的家主。富国大臣。

尤吉尔·卡修加： 伊尔·卡修加的儿子。

凯尔安王： 爱伊莎的祖父。曾经是西坎塔鲁藩王，被赶下了王位。

米尔查·凯尔安： 爱伊莎的弟弟。

乌查： 凯尔安王的忠臣。抚养爱伊莎、米尔查，后来被他们亲切地称为“爷爷”。

塔克： 拉奥的表兄，生活在尤吉诺山庄。和妻子莱娜生了一对双胞胎儿子。

乌莱利： 藩王国视察官。马修的同僚。

拉奥·卡修加： 旧卡修加家族的家主。统领香使的大香使。

穆兹霍： 奥拉尼村村长，找远亲亚拉村村长要“祈愿鸽”。

奥洛奇·穆亚： 马修的部下。擅长驯犬。

古力娜： 米莉雅的亲信。

目　录

第三章　异乡来客

第四章　奥格达的秘密

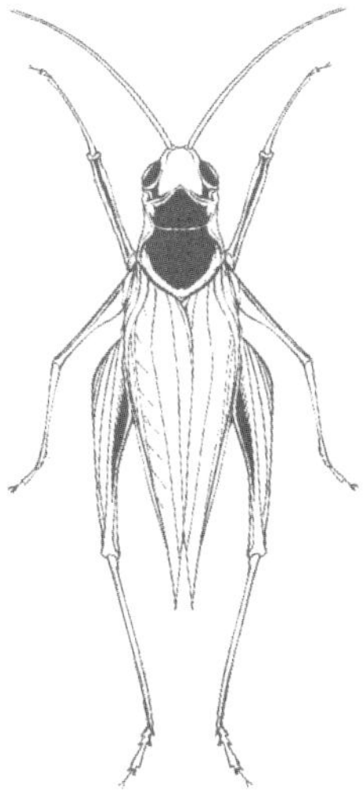

第三章

异乡来客

·1·

山庄岁月

“爱伊莎！”

山庄那边传来莱娜大婶的叫声，爱伊莎停下摘野菜的手，回过头来。

身材矮小的大婶抻着身子，挥舞着双手。她手里拿着什么东西，动作就像在打旗语。

爱伊莎不由得露出了笑容。

莱娜大婶总是那样挥舞着双手和人打招呼。就算塔克大叔说“伸一只手就行了”，她也不听。

提起装满野菜的篮子，爱伊莎小跑着回到了山庄。

“呀！摘了这么多啊！”

看了篮子一眼，大婶笑着说。

“我马上去洗！”爱伊莎说。

大婶摇了摇头。

“我来洗。你先帮忙把这个送去给奥莉耶吧。”

爱伊莎放下篮子，用围裙擦了擦手，接过毛织短褂。

“在外面逛逛没事，可她总是忘记穿外褂。”

这是山里，比平地上的“利亚菜园”冷得多。即使是夏天的这个时节，早晚也要烧炉子，白天也要在薄衣服外面套上外褂。

“她可能在雪奥米森林附近。”

爱伊莎把外褂抱在怀里，点了点头。

“我去找找。”

“那就拜托你了。对了，你能顺便去西边的田里，告诉我家那口子，别忘了采点奥沙棘带回来吗？昨天我跟他说了腌咸菜调味要用，他还是忘了摘回来。你跟他说今天千万不要再忘了。”

“好。”

虽然在这个山庄生活才半个月，但爱伊莎有时会产生错觉，觉得自己已经在这里生活了很长时间。

生活在这里的塔克大叔、莱娜大婶、他们的儿子，还有满脸皱纹的伊莱娜奶奶，怎么说呢，他们都很好相处，不需要拘束。

还有，奥莉耶——在这里谁也不叫她奥莉耶大人，大家都很自然地叫她奥莉耶，她也非常平易近人。在这里一起生活，两人相处得十分融洽，现在爱伊莎已经能毫不犹豫地直视着她的眼睛，跟她说话了。

每当想到奥莉耶可能是香君大人，担心自己不应该和她走得这么近时，爱伊莎就会回味刚到山庄那天夜里塔克大叔对她说的话，让自己平静下来。

“这里是个特别的地方。没有我们的允许，谁也不能进入山庄周围的山谷。所以，生活在这里的时候，把各自的身份、难言之隐都放在一边，忘掉它们。

“在这里，草木天空、岩石土壤、昆虫鸟兽是我们的神，也是我们的老师。

“对它们我们心怀敬意，却没有隔阂。在这里生活的我们也一样，互相尊重，但彼此没有隔阂。”

奥莉耶笑嘻嘻地听着塔克大叔说这些话。

她的表情和在“利亚菜园”坐上马车时的表情完全不同。

爱伊莎隐隐察觉到，在这里奥莉耶放下了身为“香君”的重担，得到了短暂的休息。

爱伊莎不明白既是人又是神是什么感觉，可自从知道奥莉耶生性喜欢与人亲近又活泼开朗，她不禁觉得待在那个昏暗广阔的宫殿里，被人崇拜着，连亲切地和人说话都不被允许的生活，对她来说很痛苦吧。

奥莉耶仍然没有告诉爱伊莎自己是谁，山庄里的人也不提这件事。

尽管如此，爱伊莎总觉得，山庄里的人都知道奥莉耶是谁。

正因为如此，塔克大叔才会说“生活在这里的时候，把各自的身份、难言之隐都放在一边，忘掉它们”吧。

这让爱伊莎感到很安心。

“就让我这么过吧。”爱伊莎想。待在这儿的日子里，把自己假装死亡逃离故乡，无法和弟弟一起生活的不幸，以及今后会怎样的烦恼，都放在一边吧。

从“利亚菜园”通往山庄的路是一条险峻的山路。

半路上，载着奥莉耶和爱伊莎的马车停在供猎人暂住的小屋前，把她们交给等在那里的塔克大叔后，就载着陪同的侍女下山去了。

爱伊莎她们骑着塔克大叔带来的马，来到山庄。

侍女乘坐的马车从视野里刚一消失，奥莉耶的表情就立马放松下来，像放养长大的少女一样跳上马，沿着山路往上爬。爱伊莎见状吃了一惊，可塔克大叔只是一脸慈爱地看着奥莉耶的背影，就像在看自己的孩子。

奥莉耶娴熟地驾着马，不时哼着歌，歌声优美。

香君大人是在利格达尔出生的，她唱的是利格达尔的歌吧。虽然不知道她唱的是什么，但听起来就让人心情愉悦。到能看见山庄的时候，爱伊莎也小声哼起了那首歌。

一到山庄，奥莉耶就换上方便活动的衣服，带着爱伊莎在山庄里和附近转了一圈。太阳一下山，她很自然地帮莱娜大婶准备晚饭。

奥莉耶一边和大婶一起在厨房里忙活，同时还细心地告诉爱伊莎大家平时使用哪些餐具，爱伊莎可以使用哪些餐具。从奥莉耶身上散发出来的开朗平和的香味，缓解了爱伊莎初来乍到时的紧张感。

山庄里有一股森林的气味。周围浓郁的森林气息渗透进屋顶和墙壁里，再加上炉子里啪啪燃烧着的柴火味，让爱伊莎想起了她深深怀念的故乡的家。

被这种熟悉的味道包围着，爱伊莎从到达山庄那天晚上开始就睡得很香。

在山庄里生活的有留着漂亮胡子的塔克大叔，他的妻子——身材矮小但像小马一样精力充沛的莱娜阿姨，莱娜阿姨的母亲——满脸皱纹的伊莱娜奶奶，还有他们身材高大强壮的双胞胎儿子——奇塔尔和马达尔。

山庄的生活与爱伊莎故乡的生活很相似。除了每隔几天有固定的人把物资运来之外，其他东西都是从周围的山野和田地里得来的。因为还养着家畜，所以塔克大叔和他的两个双胞胎儿子从早到晚在山野里劳作。

而且，一吃过晚饭，他们就会待在书房写东西，只有晚饭和早饭时才能碰上面。

他们话很少，爱伊莎几乎没和他们说过话。但只要看见爱伊莎，他们就会微笑示意。

莱娜大婶和男人们截然相反，能言善道，干起活来快手快脚。

天还没亮她就起床，用脚踏的舂米杵开始捣当天吃的米。咚、咚，全家人在米杵捣糙米的声音中醒来。

因为以前生活的大崩溪谷旁不能种植水稻，所以这是爱伊莎第一次看到用脚踏的舂米杵捣米。这项工作的辛苦程度也让她咋舌。

年近六十的莱娜大婶天不亮就起床捣米，做饭给她吃，这让爱伊莎觉得十分过意不去。于是，她战战兢兢地提出由自己来捣米，莱娜大婶很高兴地拍着爱伊莎的肩膀说："哎呀！你这孩子，真是太感谢了！不过，看看你那小细腿，一下子全让你来干的话，你可受不了。再说，到了我这把年纪，要是什么活都不干，腿脚也会变得不利索。所以，咱们先轮流干吧。"

莱娜大婶说得没错。舂米杵比她想的重得多，刚踩了一会儿，不仅腰腿疼，连下腹和后背也开始疼起来。不过是自己主动提出要干的，爱伊莎不想半途而废，虽然汗流浃背，她还是咬紧牙关拼命踩着。这时，莱娜大婶走过来，笑着对她说："你再勉强踩下去会发烧的，换我来吧。"说实话，爱伊莎顿时觉得大大松了一口气。

虽然没发烧，但第二天，腿就不用说了，爱伊莎感觉全身都在喊疼。

虽说继承了王族血统，但爱伊莎并不是在深闺里长大的。在故乡生活的时候，父亲和乌查一起外出做生意，经常不在家。爱伊莎从小就帮着母亲干家务活。父母去世后，她更是几乎包揽了所有家务。尽管如此，由于“幽谷之民”们纷纷伸出援手，现在回想起来，那段日子其实过得很轻松。

山庄里有干不完的活。

捣完米后，不仅要煮饭，还要用水把米糠化开，用来喂家畜。爱伊莎在莱娜大婶的指点下，开始帮忙干这些活。

从“利亚菜园”被派到这个山庄时，拉奥大师并没有告诉爱伊莎具体要做些什么。到山庄后，爱伊莎问塔克大叔“我要干些什么呢”，塔克大叔只说了一句“嗯，慢慢来吧”。这让爱伊莎有些不知所措。

有一天晚上，奥莉耶悄悄对她说：“带你来这里，是为了让你心灵得到放松，你就安心在这里生活就好。你过得幸福，这里的人就放心了。”

听到这番话，爱伊莎感到很吃惊。

破例让自己到这里来，还处处为她考虑，这让爱伊莎觉得很不可思议。不过，就算她们来了，塔克大叔一家也没有太过关注她们，而是一如既往过着平日的生活。慢慢地，爱伊莎也觉得“想那么多也没用”。

天亮前开始捣米，然后照顾家畜、打扫卫生、洗衣服、摘野菜、做饭，光是帮着大婶干这些，一天时间一眨眼就过去了。

奥莉耶也安心过着这样平平淡淡的日子。

和奥莉耶在一起时间最长的可能是伊莱娜奶奶。奶奶虽然个子很小，满脸皱纹，但她的小眼睛总是炯炯有神。

莱娜大婶的好精神头应该是遗传自伊莱娜奶奶吧。虽然奶奶已经年过八十，可无论是坡道还是陡峭的楼梯，她都能大气不喘一口地爬上去。

奶奶主要的工作是照顾鸽子。

虽然刚到山庄的时候，爱伊莎就闻到了鸽子的气味，但在奥莉耶的带领下爬上山庄阁楼时，爱伊莎还是大吃了一惊。宽敞的阁楼成了鸽棚，养着几十只鸽子。

在昏暗、充斥着鸽子气味的阁楼里，伊莱娜奶奶用布巾遮着口鼻，走来走去，不厌其烦地用扫帚打扫鸽子的粪便和羽毛。

阁楼不仅是鸽棚，房间尽头的一角还有书柜和一张大桌子，桌上摆着火盆和茶具之类的东西。

每当有鸽子拍着翅膀，从大开的窗户飞进来，奶奶就放下手里的扫帚，两手娴熟地抓起咕咕叫的鸽子，取下它腿上的小管子，再把它放进鸽笼里。

“……这是信鸽吧？”爱伊莎小声地问奥莉耶。没等奥莉耶回答，奶奶抬起头朝她招了招手。

爱伊莎走到奶奶身边。奶奶从刚才那只鸽子脚上的小管子里，掏出一个小纸卷给她看。

纸上密密麻麻写满了字，可这种文字爱伊莎从没见过，完全看不懂。

“这不是乌玛鲁的文字吧？那是哪里的文字呢？”爱伊莎边把纸卷还给奶奶，边问道。

奶奶咧嘴一笑，说：“哪儿的文字也不是。”

奥莉耶走过来，伸出手。奶奶把纸卷放到她手上。

奥莉耶默默地看着纸卷，脸上渐渐泛起了红晕。奶奶笑眯眯地看着奥莉耶。

·2·

雪奥米树

奥莉耶似乎很喜欢在森林里散步，一有空就会一个人走进森林里。虽然不用担心这一带有山贼出没，但山里仍潜藏着各种各样的危险。每当看到奥莉耶一个人若无其事地走进森林，爱伊莎就忍不住想“果然是知晓万象的香君大人啊”。

这一带的森林很深，但人能通行的地方有限。根据奥莉耶走过时留下的香味追踪她的痕迹，对爱伊莎来说并非难事。

爱伊莎循着这股香味向森林深处走去。

天气晴朗，山庄周边供牛羊放牧的草地上闪着白光。可一旦进入森林，树木的树冠就像巨大的盖子一样遮住了阳光，爱伊莎感到眼前一黑。

好在她很快就适应了森林里的幽暗，借着透过树叶照进森林的光线，她看见了一条小路。奥莉耶从这里经过应该已经很久了，留下的香味很淡。沿着小路一直往森林深处走，香味逐渐清晰起来。不久，进入雪奥米林立的森林时，在随风飘来的气味中，已经能清楚地闻到奥莉耶的香味。

等闭上眼，香味越来越近，奥莉耶仿佛就在眼前的时候，爱伊莎看见了伫立在树木之间的奥莉耶。

奥莉耶正凝视着一棵雪奥米树。

阳光透过绿叶洒下来，柔和地照在她身上。

她脸上那天真无邪的表情，刺痛了爱伊莎的心。

“身为被人崇拜的香君大人，对奥莉耶大人来说，果然很痛苦。”

这样的想法在心中蔓延，爱伊莎犹豫着要不要叫奥莉耶。她抱着外褂，凝视着奥莉耶。

或许是因为爱伊莎站在下风向的缘故，奥莉耶完全没有注意到爱伊莎，只是一直盯着那棵树看。

不久，奥莉耶深深地叹了口气，一边慢慢撩起头发，一边朝爱伊莎那边看。

“……哎呀！”奥莉耶睁大眼睛，开口说。

“爱伊莎？你在那儿多久了？”

爱伊莎低下头。

“对不起！”

奥莉耶目不转睛地看着爱伊莎，过了一会儿，突然笑了。

“该说对不起的是我。你是给我送外褂来的吧。”

快步走到爱伊莎身边，奥莉耶接过外褂。她一边披外褂，一边问：“大婶说我了吧？”

“说了几句。”爱伊莎答道。奥莉耶笑着用手指轻轻戳了一下爱伊莎的脸颊。

“谢谢你帮我拿过来。”

脸颊发热，爱伊莎有些慌张。

“嗯……”为了掩饰自己的不好意思，爱伊莎开口说话，却忘了自己想说什么，脱口问出了突然浮现在脑海里的问题。

“您在看什么呢？”

奥莉耶抱着爱伊莎的肩膀。

“过来。”

奥莉耶带着爱伊莎走到她刚才站的地方，指着眼前的树。

“你觉得这棵树和其他树有什么不同吗？”

那是一棵非常普通的雪奥米树。

生长的年数不长，树干还很细，有些地方的树皮剥落了。除此以外，看起来并没有什么特别之处。

只是，这棵树散发出来的香味和其他树有些不同。

“……这棵树病了吗？”

爱伊莎说完，奥莉耶感到有些吃惊。

“为什么这么觉得？”

“我总觉得它好像在小声喊‘救命’。”

奥莉耶沉默了一会儿，点了点头。

“是的，这棵树受了不少罪。”

环视周围的树木，奥莉耶说。

“你看，这附近的雪奥米树比其他森林的长得更密吧？”

爱伊莎四下看了一圈，点了点头。

雪奥米树的树皮很特别，长着白色的地衣类植物，发出淡淡的光芒，从远处看像裹着雪。

确实，站在这里环顾四周，这一带的雪奥米树长得密密麻麻的。树冠间的间隔很小，看起来很局促。

“塔克大叔说，他以前觉得这片森林里的树太密了，就想把它们稍微隔开一点，好通风，光照也能好一些。不过，他太忙了，只分开了一部分，这附近还没来得及弄。”

伸手摸着眼前的雪奥米树，奥莉耶说：“雪奥米树有时会得病，导致树皮剥落。这棵树的树皮剥落后，每次经过这里，塔克大叔说他都会想：这棵树快枯了吧？如果我当初能改善这里的光照条件，它就不会得病了。真是对不起它。可是，后来大叔发现了一件让人意外的事。”

奥莉耶指着不远处。

“你看那儿。”

爱伊莎看向奥莉耶手指的方向，那是一片草地。在灿烂阳光的照耀下，草地十分明亮。仔细一看，草地四周的树木粗细不一，散发出的气味也有所不同。

“我想你一定能明白。怎么样？你觉得那片树林健康吗？”

爱伊莎摇了摇头。

“这边的树发出的气味更平静，更健康。”

奥莉耶点点头。

“是的。大叔也很吃惊。他说拉大间距，通风变好以后，光照也变好了，可有些树长得很粗壮，有些树变得更加虚弱，爬满了虫。”

“相反，这边的树长得都不错，森林也很健康。而且，”奥莉耶抚摸着树皮说，“这棵树没有枯萎。树皮剥落后，它应该变得很虚弱，可不知为什么它活下来了。”

爱伊莎目不转睛地盯着眼前的树。它的气味发出的声音和强壮的树不同，虚弱地向周围的树木求救着。

只是，仔细闻的话，还能闻到别的气味。那是这棵树和它身旁的雪奥米树散发出的柔和的香气。

回应着微弱的“气味之声”，几种香味复杂地缠绕在一起，像织锦一样轻轻地包围着这棵树。

“周围的树都在帮它。”爱伊莎喃喃道。

奥莉耶睁大了眼睛，凝视着爱伊莎。

不知道爱伊莎在想什么，奥莉耶沉默地盯着她看了好一会儿。终于，她点了点头。

“是啊……大叔也是这么说的。他说雪奥米树的树根和其他树的交缠在一起，所以肯定是其他树在帮它。”

奥莉耶的眼眶突然湿润了。

“真是不可思议啊。——这个世界是无情的，动弹不得的树木，树皮剥落就会枯萎。但是，也有些树，因为周围的树对它伸出援手，便能活下来。”

奥莉耶小声说：

“每次到这里来，我都会想，大家都伸出手帮助他人的意义在哪里？不抛弃弱者，伸出援手，是在保护什么呢？”

然后，她看向阳光灿烂的草地。

“独享阳光而立的树，即使看起来很幸福，却不得不斩断与周围的联系，在暴风骤雨中，独自生存下去。它其实很寂寞吧。”

·3·
西边的田地

和奥莉耶分开后，为了把莱娜大婶交代的事告诉塔克大叔，爱伊莎向西边的田地走去。

虽然大婶告诉了她大概位置，可这是她第一次去，有些担心能不能顺利找到。按照大婶告诉她的，沿着山路往前走的途中，微风把灰烬和泥土的味道带来，告诉她那块地就在前面。

当她听说烧田后最先种的是荞麦时，爱伊莎想起了小时候从“幽谷之民”的大婶那儿听来的关于烧田的事。

她听说荞麦的种子要趁灰烬还有余温的时候播种，不禁想荞麦种子埋在灰烬里不会有事吗。大婶笑着对她说，荞麦种子和小宝宝一样，让它睡在温暖的被窝里就会茁壮成长。

——大山啊，是我们的母亲。焚烧草木做成温暖的床，就能种出荞麦、豆子和小米。然后，对它说声“谢谢”，让它休息几年，草木又会茂盛地生长，长成漂亮的树林。树林里长满了蘑菇啊，能治肚子疼的草药啊，帮助我们。然后，等它休息够了，又能把草木焚烧，做成大豆、荞麦的床。大山啊，就是这样养育我们的。

笼罩山谷的雾气，滋润了荞麦芽，露出脑袋的嫩芽自由自在地生长……

一边回忆着大婶的话，一边往前走。不久，爱伊莎走出森林，走到阳光下。

“……欸？这里是田地？”

爱伊莎眨眨眼，呆呆地站在那儿。因为四周长满了各种各样的草，不知道哪里是田地。

远处可见蹲在地上干活的塔克大叔的身影，但没有双胞胎的影子。看来这里的确是西边的田地，不仅种着荞麦，还种着各种各样的作物。

被各种香味吸引着，爱伊莎不禁低头闭上了眼睛。

顿时，她脑海中出现了一个与眼睛所看见的不同的世界。

在由各种各样的植物、爬在植物上的虫子，以及土里的生物散发出来的气味所创造的世界中，爱伊莎避开散发着浓浓荞麦味的地方，向塔克大叔的方向走去。

走近后，爱伊莎感受到塔克大叔回头的气息，睁开了眼。

塔克大叔一脸担心地看着爱伊莎。

“爱伊莎，怎么了？身体不舒服吗？”

爱伊莎微笑着，在眼前挥了挥手。

“不，我没事。只是被太阳照得有点晕。”

大叔松了口气，表情放松下来。

“这里阳光反射很厉害。”说完，他瞥了一眼爱伊莎身后，问道：“你一个人来的？”

“是的。大婶让我跟您说今天别忘了摘点奥沙棘带回去。”

大叔笑着说：“哦，她昨天也跟我说了。”

大叔拿起搭在脖子上的毛巾，擦了擦大汗淋漓的脸，指着田边的灌木说：“那就是奥沙棘。你能摘点儿带回去吗？我怕又忘了。”

“褐色果实的那个吗？”

“对。”

“大婶说要做咸菜，摘一点儿就行了吗？”

“只是用来增香的，有一小把就够了。”

爱伊莎点点头，朝着大叔手指的那棵树走去。

闪闪发光的绿叶间，密密麻麻结满了褐色的果实，散发出一股浓郁的香气。

爱伊莎摘了一大把果实，放进围裙前面的口袋里。突然，爱伊莎发现这棵树的根部什么草也没有。

她不由得蹲下来，摸了摸地上的土，一股和她站着的时候不同的味道扑鼻而来，爱伊莎皱起了眉头。

“这棵树……”

就像松鸦守着地盘一样，这棵树为自己划定了地盘。

蹲下靠近地面，听到的“气味之声”和站着的时候完全不同。

爱伊莎蹲着，把脸转向田地的方向，不禁“哇”地叫了一声。

那片田地，多么热闹啊。

在故乡生活的时候，母亲在家旁边开垦了一块菜地。也许是因为杂草都被清干净了，比起草原、森林安静得让人有些发呆。现在，眼前的那块田地像一群孩子一样吵吵闹闹。

有的孩子和伙伴并肩玩耍，有些孩子大声喊着“不要进我的地盘”。——爱伊莎好像看到了这样热闹的场景。

闻着空气中的香味，在喧嚣中，爱伊莎看见了奇妙的东西。

在离她不远的地方，长着草，而草地周围的土地的气味完全不同。并且那里没有其他草，空荡荡的，像一块空地。

这种草散发出的味道比奥沙棘的更浓郁，耀武扬威，大声高呼“是我的地盘”。

“咦？这个气味……”

这种盖过其他草的浓郁的气味，爱伊莎似乎闻到过。

“这莫非是……”

脑海里浮现出透过马车车窗看到的广阔的水田，爱伊莎歪着头思索着。

“可是，那里的水田已经成熟了，这里还没……”

刚想到这里，塔克大叔走了过来。大概是因为看见爱伊莎蹲着吧。

“怎么了？又头晕了？”

爱伊莎连忙站起来。

“对不起。我没事。”

爱伊莎指着散发出柔和香味的草。

“大叔，这是荞麦吧？”

看着爱伊莎手指的地方，大叔扬了扬眉。

“是的。你竟然能看出来。”

果然如此，爱伊莎一边想，一边指着散发出强烈香气的草。

“那个和那个，还有那边那个……那些都是奥乐稻吧？”

瞬间，塔克大叔的表情为之一变。

被他这么直勾勾地盯着看，爱伊莎吓了一跳。

爱伊莎意识到自己说了不该说的话，有些懊悔。虽然问出了口，但塔克大叔可能根本不知道奥乐稻和荞麦的气味有什么不同。

“明明还没抽穗，你竟然能看出来那是奥乐稻。你帮忙干过农活吧？”

爱伊莎摇了摇头。

“……不，我没干过。”

塔克大叔只说了句“是吗”，便沉默地凝视着爱伊莎。过了一会儿，他问：“奥沙棘摘了吗？”

“摘了。摘了这些，够吗？”爱伊莎打开围裙的口袋给塔克大叔看。

塔克大叔微笑着说：“够了。”

爱伊莎低下头，说：“那我先回去了。”

塔克大叔点点头，对她说：“回去路上注意脚下，山里天黑得早。”说完他又握起锄头，转过身去。

大叔正要迈步往前走，突然停下脚步，转过身来。

“对了，你来的路上看见奥莉耶了吗？她说今天早晨可能会过来。”

“嗯，看见了。刚才她在看雪奥米树。”

“哦，这样啊，”大叔笑着说，“那差不多该到这儿了。”

爱伊莎歪着头。

“我想应该还要过一会儿。她说青泽的尤加蓟花正是盛开的时候，她要去看看。”

塔克大叔的脸一下阴沉起来。

“青泽的尤加蓟花？”

“是的。”

塔克大叔的表情变得严肃起来，喃喃低语：“糟了！我忘了告诉她不要去青泽。”

“青泽有什么吗？”

大叔低声说：“这几年，青泽出现了以前只有平原地区才有的红毒蛾。到现在这个季节，花木上可能有红毒蛾的幼虫。”

“红毒蛾很危险吗？”

“接触到成虫鳞粉的话只是皮肤会红肿。可怕的是幼虫，颜色和树枝一模一样，一不小心碰到的话全身都会红肿，甚至会因为喘不上气而死。”

爱伊莎感到头皮发僵，额头冒冷汗。

“有办法解毒吗？”

“奥拉吉根煎成的药……”话没说完，大叔低头看着爱伊莎，问她，“托萨拉，你知道吧？”

爱伊莎惊讶地瞪大了眼。

“知道。——大叔，您会说坎塔鲁话？”

“草木的名字差不多会说。总而言之，对付红毒蛾的毒液，托萨拉根煎的药液很管用。但要抓紧时间，越早用上越好，过太久就没用了。”

爱伊莎在心里念道：“托萨拉……”

“幽谷之民”经常用托萨拉根煎的药。

“托萨拉根能治的毒蛾，幼虫的颜色和树枝一模一样……”

爱伊莎脱口说出心中所想。

“红毒蛾和斑蛾很像。”

塔克大叔抬了抬眉。

“嗯，是的。红毒蛾和坎塔鲁的斑蛾一样。”

顿时，爱伊莎的心情放松下来。

“原来是斑蛾啊。”

斑蛾有一种独特的味道，幼虫的气味也很难闻。奥莉耶——香君大人一定会马上发现，不会去碰它们的。

刚要开口这么说，爱伊莎却忍住了。因为她想起“幽谷之民”闻不到斑蛾的气味。

虽然很想让大叔放心，但这些话反而会让他担心吧。

“爱伊莎。”

“您说。”

“我到青泽去看看。你能不能快点赶回山庄，告诉莱娜，让她准备好药液以防万一？”

“好的。我告诉大婶。”

爱伊莎低着头，离开田地。

虽然准备了药液可能也没用，但她必须按照大叔说的做。

从田地走进森林，四周比刚才暗了一些。照亮树梢的阳光，不知什么时候变成了红色。

“大叔去了青泽，知道奥莉耶大人平安无事，就该放心了吧。”

脑海里突然闪过这样的想法。

“奥莉耶大人的言行举止太像普通人了，以致大家不知不觉就忘了她是香君大人。”

一路缓步而行，当山庄出现在她的视线中时，天已经快黑了。

傍晚的风吹过，突然闻到一股意想不到的气味，爱伊莎惊讶地停下脚步，朝气味飘来的方向看去。

幽暗的森林里，有一个奇怪的影子在移动。

等看清是一个男人抱着一个女人正朝她走来时，爱伊莎倒吸了一口冷气。

“马修？！”

马修抱着奥莉耶，咬紧牙关，快步走来。奥莉耶的头靠在马修肩头。即使隔着一段距离，也能看见她整张脸都肿起来了。

·4·

暴露

大概是在青泽没找到奥莉耶，塔克大叔直到晚霞慢慢消失才回到山庄。

从爱伊莎口中听到奥莉耶的病情后，塔克大叔脸色变得苍白。

“给她喝了奥拉吉根煎的药了吗？”

“莱娜大婶正在煎药。”

塔克大叔点了点头，往奥莉耶睡觉的里屋走去。爱伊莎没有跟上去。

只要一想起奥莉耶肿胀的脸，她就觉得浑身一阵阵发冷。

奥莉耶为什么没有注意到斑蛾的幼虫?

为什么是马修找到奥莉耶，把她抱回来的?

虽然有很多事情她想不明白，可比起这些，一想到奥莉耶可能会死，她就害怕得全身止不住发抖。

厨房里正在煎托萨拉根，飘出一股浓浓的味道。

“我要是跑着回来就好了！”对于自己悠闲地走回来这件事，爱伊莎感到无比懊悔。

“越早用上越好，过太久就没用了！”脑海中不断回荡着塔克大叔的话，爱伊莎咬紧了嘴唇。

“奥莉耶大人，对不起！对不起！”

莱娜大婶从厨房出来，一手端着冒热气的锅，一手拿着毛巾，快步向里屋走去。

“莱娜，碗和盆！碗和盆你都没拿！”

伊莱娜奶奶挥舞着碗和盆从厨房出来，跟在莱娜大婶后面走进里屋。

天黑透的时候，双胞胎才回来。

到那个时候，奥莉耶的症状还没有稳定下来。得知发生了什么后，他们到里屋看了看奥莉耶。出来后，他们坐在椅子上，出神地盯着没有点火的壁炉看。

爱伊莎蹲在门口，静静地凝视着黑暗的森林。

谁也没有想起要做晚饭，也没有人注意到房间里变得很昏暗，只有时间在流逝。

等莱娜大婶从房间出来，已是深夜。

“……哎呀，天哪！”

一走进大厅，莱娜大婶就惊愕地叫出了声。

“你们在干什么，怎么连灯也不点！”

大婶咂了咂嘴，点燃烛台上的蜡烛。双胞胎中的一个问道：“情况怎么样了？”

大婶转过身，有些疲惫地回答道：“你奶奶说应该没事了。奥拉吉根煎的药喝得很及时，脸慢慢消肿，也不那么痛和痒了。”

双胞胎同时长长吐了口气。

“啊……太好了！”

两人站起来，走进厨房，嘴里嘟囔着“一放松下来，肚子好饿”。

爱伊莎心想得去厨房做点吃的，可腿脚发软站不起来。终于好不容易站起来了，两条腿抖个不停。

“太好了！太好了！她还活着……”

想到这，眼泪溢出眼眶。爱伊莎想忍着不哭，却到底没憋住，颤抖着肩膀哭了起来。

“……爱伊莎，爱伊莎！”莱娜大婶走过来，抱住爱伊莎，“你也很担心吧，已经没事了。”

大婶温暖的胸膛，散发着托萨拉的香味。闻着这香味，爱伊莎颤抖着，哭得停不下来。

那天夜里，爱伊莎一直在做梦。

可怕的是天快亮时做的梦。在亮得有些奇怪的黄色天空下，有一片长满野草的田地。爱伊莎梦见自己和奥莉耶在草丛中行走。

“这里的草有奥乐稻的气味呢。”爱伊莎跟奥莉耶说了好几次。不知道奥莉耶听没听到，她只是一个劲地在草丛里走。

草地前面是一个沼泽，沼泽里有斑蛾。

爱伊莎想跑过去阻止奥莉耶，腿却使不上劲，速度慢得让她心焦。

“奥莉耶大人！香君大人！停下！”爱伊莎大声叫道。

“……香君大人是谁？”耳边传来奥莉耶小小的声音。

奥莉耶慢慢转过身来。——背光而立的那个人没有脸！

大汗淋漓地醒来，爱伊莎在还很黑的房间里，长长出了一口气。

楼下传来沉闷的咚、咚声。大婶已经开始舂米了。擦了擦脖子上的汗水，爱伊莎从床上爬起来，急忙脱下睡衣。

爱伊莎走下地窖，透过狭窄的照明窗，就着拂晓的晨光，隐约能看见大婶舂米的身影。

“莱娜大婶，对不起。我来吧。”爱伊莎说。

大婶抬起头。

“你起来啦。正好。我把药晾在厨房，差不多可以喝了，你能帮我端给奥莉耶吗？就在水槽里。”

心里颤了一下，可爱伊莎还是点点头说了声“好”，转身离开。

灶里有火，厨房比外面亮一些。爱伊莎把放在水槽里的锅和碗放到托盘上。

大家好像都起来了，二楼传来好几声响动。

防雨窗还关着，客厅里黑漆漆的，可爱伊莎并没有被家具绊倒，而是径直走到走廊里，向奥莉耶的卧室走去。

气味根据距离有浓淡之分。这是一种极其微妙暧昧的感觉，一移动就会发生变化。即便如此，如果是在室内，对爱伊莎来说通过气味的浓淡来判断周围有什么，离她有多远，是一件很自然的事，和她用眼睛看差不多。因为她从出生起就可以通过气味来感知周围的环境。

越接近奥莉耶的卧室，爱伊莎越清楚地闻到屋里的气味。爱伊莎感受到马修站起身，朝门走来，所以就算在她敲门前门吱的一声打开了，爱伊莎也没有感到惊讶。

虽然看不清他的脸，但马修看起来瘦了一些。

马修“嘘”了一声，示意爱伊莎小声点。爱伊莎点点头，小心翼翼地把盛着锅和碗的托盘递给马修，尽量不发出声音。

这时，床铺嘎吱响了一声，奥莉耶微弱的声音响起。

“……是莱娜大婶吗？”

爱伊莎心头一惊。

这个问题代表的含义像闪电一样划过脑海，爱伊莎不由自主地抬头看着马修。

昏暗中，爱伊莎感到马修正目不转睛地盯着自己。她后退一步，转身逃也似的离开了房间。

到处都是打开防雨窗的声音。

爱伊莎跑过走廊，正要往地窖走时，塔克大叔从二楼下来，走进了盥洗室。

“……莱娜大婶，我来吧。”爱伊莎说完，莱娜大婶说了一句“好，谢谢”，停了下来。

整个山庄都苏醒了，发出各种各样的气味和声响。爱伊莎心里乱哄哄的，拼命踩着踏板。

奥莉耶喝完药，两手抱着药碗，望着正打开防雨窗的马修的背影。她的手心滚烫，碗凉凉的摸起来很舒服。

马修把窗户打开一点，好让风吹进来。然后，他慢慢从床尾绕过去，坐在床边的椅子上。

“怎么样？”

“……比昨天好多了。”说完，奥莉耶摸了摸自己的脸，又说了一句“虽然脸还肿着吧”。

马修伸出手，用弯曲的指节轻轻摸了摸她的脸颊。

“……痒吗？”

“有点，不过不是很严重，感觉有点硬邦邦的。你呢？”

“我没事，本来也没怎么被咬。”

奥莉耶用手包裹着他温暖的手指，把他的手轻轻拉了下来。

“送药来的不是大婶吧。”

“嗯。”

“是爱伊莎？”

马修用眼神示意“是的”。

奥莉耶闭上眼睛。过了一会儿，她睁开眼，喃喃地说：“……看来瞒不住了。”

奥莉耶苦笑着说：“虽然我也没觉得能一直瞒下去，可这还不到一个月。”

马修平静地问她：“看我用飞鸽传来的信了吗？”

奥莉耶点点头。

“看了。爱伊莎是个聪明孩子，内心也很坚强，我想她能够承担起你所期望的角色，可是……”

奥莉耶低头看着被清晨的阳光照得白晃晃的马修的手和自己的手。

“我不想把她卷进来。”

当她来到这个山庄，看了马修用飞鸽寄来的一封封信，知道他想要爱伊莎去做什么时，最先浮现在脑海里的念头是“马修要帮我”。

当然，她知道马修不仅仅是为了帮她。当她切身感受到爱伊莎的力量后，忍不住想“如果能得到这个女孩的帮助，一切都会发生巨大的变化”。

“在我内心深处，确实期待着能获得爱伊莎的帮助。”奥莉耶心想。

可是，越是和爱伊莎相处，她越是不想把这个率真的孩子拉进自己所处的地狱。

爱伊莎并没有被选为香君。照现在这样，她能够作为“普通人”过完一生。

“从她的立场和性格来说，如果得知事情的真相，肯定不会拒绝你。她明明没的选，却让她觉得是依照自己的意志选择了这条残酷的道路。我不想这么做。”

马修默默地听着。听到这里，他开口说：“你不觉得把爱伊莎卷进来，对她来说也会成为一种救赎吗？”

奥莉耶惊讶地抬起头。

“救赎？”

“嗯。从小到大，她都是孤独的。和你不一样的孤独。”

“虽然比不上爱伊莎，但我多少明白活在不为他人所理解的世界里，是一种什么样的感觉。”

“你被迫装作生活在没人能够理解的世界里，而爱伊莎是真的活在一个没人能理解的世界里。——你们俩互相帮助活下去的话，或许能够得到用其他办法无法得到的救赎。”

奥莉耶不禁目不转睛地看着马修。

马修总是说些让人意想不到的话，就像光看布料正面的花纹看不出它是怎么织的，只有把布翻一面才能看清。

“孤独……”

或许真的像马修说的那样。

奥莉耶的眼前浮现出在“利亚菜园”药庐昏暗的休息室里，第一次见到爱伊莎时她脸上的表情——天天失眠，却不能告诉任何人失眠的理由，被这种痛苦折磨的那张苍白的脸。

“当她以为我能理解她的时候……”

想起那一瞬间爱伊莎脸上绽放出的光芒，奥莉耶感到胸口一阵刺痛。

“那个孩子以为我是她的同伴。”

自己残忍地欺骗了那个孩子。

“我沉浸在自己的孤独里，以至于没有发现别人的孤独。”

奥莉耶凝视着马修。

长久以来，我都想着他，自以为对他很了解。

尽管如此，对于这个嗅觉敏锐，感受与众不同的男人，当他偶有不快时，奥莉耶也只以为那是一种焦躁的表现。

从没想过他会感到孤独。

“你说过她不会拒绝。”马修轻轻拿起奥莉耶还端着的碗，放到旁边的桌子上，说道，“这就要看怎么跟她解释了。我想跟她说‘你可以先试试看，如果觉得不行，随时可以退出’。”

奥莉耶挑了挑眉毛。

“退出？那不是太危险了吗？”

“虽然很危险，但那个姑娘一旦下定决心，应该不会半途而废。”

奥莉耶眨了眨眼。

“能让你这么信任，少见啊。”

马修苦笑道：

“就像你说的，站在她的立场上，不太可能会背叛我们。”

奥莉耶皱起眉头：

“可是，如果只是那样的话……”

“嗯，如果只是那样，要是被我兄长威胁，说要杀她弟弟，她很可能会背叛我们。但是……”

马修望向窗外，天色越来越亮。

“她的祖父因为拒绝种植奥乐稻被赶下了王位。从本质上来说，她和我们有共通之处。”

奥莉耶凝视着晨光中的马修的脸。

马修和爱伊莎都在西坎塔鲁边境的天炉山脉的山麓长大，想到他们这奇妙的缘分，一个念头突然浮现在奥莉耶脑海中。

“你和那个女孩长得很像呢。”

马修收回看向窗外的视线。

“像吗？”

“嗯。很像。”

说着，奥莉耶扑哧一声笑了起来。

“还在半夜做一样的事。”

马修的眼中浮现出笑容。这一笑，眉眼间透出昔日的影子。

看着马修的脸，奥莉耶紧绷的情绪慢慢放松下来。

“因为是你的事，所以我得考虑得周全，再周全。”

奥莉耶摇晃着交缠在一起的手指，叹了一口气。

“我也下定决心了。”

马修什么也没说，但表情隐隐放松了一些。

“只能在这里待到今天吗？”

“不，能待上两三天。”

“不过，还是早点为好。今天我们就跟她说吧。”

·5·

早饭

莱娜大婶把刚刚煮好的米饭盛在一个又大又深的盘子里，摆上煎得软嫩的鸡蛋，撒上切碎的香草，浇上在鸡汤里腌好的咸酱汁，然后把盘子放到爱伊莎端着的托盘上。

接着，她把分装盘、香喷喷的茶、水果等快速放到另一个托盘上，抬起头，对爱伊莎说：“你把那个端过去吧，这个我来端就好。”

爱伊莎端着热气腾腾的早饭走到走廊上，从奥莉耶屋里出来的塔克大叔快步走过来，对她说：“爱伊莎，奥莉耶说想跟你一起吃早饭。这个我端过去，你把自己的早饭端过去吧。”

爱伊莎不解地仰头看着塔克大叔。

“一起？和我吗？”

“对。来，把托盘给我。”

塔克大叔接过爱伊莎手里的托盘，转身回到奥莉耶屋里。

爱伊莎望着他的背影，呆呆地站着。

“哎呀，干什么呢？怎么了？”

大婶端着托盘从厨房里走出来。被她这么一问，爱伊莎回过头来。

“奥莉耶大人说要和我一起吃早饭……”

“啊，是吗？那就去把你的饭端过来吧。——好了，这份我来端，你去端你的吧。”

回到厨房，爱伊莎的心情很复杂，有些不知所措。

“该用什么样的态度去见她呢？”

应该装作没发现吗？可马修或许已经知道我发现了。叫我一起吃早饭，或许就是为了确认我有没有发现。

爱伊莎闭上眼睛，叹了口气，然后睁开眼睛。

“想那么多也没用。”

她把自己的早饭装在托盘里，朝奥莉耶的房间走去。奥莉耶的房门被打开，大叔大婶走了出来。

擦身而过时，大叔伸出手轻轻摸了摸爱伊莎的头，像是在给小孩打气一样。爱伊莎有些吃惊，回过身去。

大叔没有回头，快步走着，和大婶一起进了厨房。

不知为何，爱伊莎的眼眶一热。她眨了眨眼，强忍住泪水，深吸一口气，继续往前走。

爱伊莎刚站在奥莉耶的卧室前，门就开了，马修把她领了进去。

窗户开得很大，明亮的卧室里散发着朝露的香味。沾着露水的草香、青香草的香味和早饭的香味交织在一起，静静地充斥着整个房间。

奥莉耶换上家居服，坐在椅子上。

马修从爱伊莎手里端过托盘，麻利地把她的早饭摆在临时的餐桌上。

“你坐这儿吧。”

马修指了指奥莉耶对面的椅子。爱伊莎拉出椅子坐下，马修坐在离两人稍远的椅子上。

等二人坐下，奥莉耶开口说：“因为我的疏忽，让你也跟着担心了，真的很抱歉。”

奥莉耶眼皮和脸颊四周还肿着，但脸色比昨天好了很多。

爱伊莎从椅子上站起来，深深鞠了一躬。

“我才应该向你道歉，真的很抱歉。要是我早点儿告诉莱娜大婶，你就不用遭那么大罪了。真的很对不起！”

奥莉耶摆摆手。

“不，不是你的错。所以，抬起头来吧。”

爱伊莎抬起头，奥莉耶微笑着说：“好了，道歉就到此为止，咱们吃饭吧。这一大盘子吃的，一看就是莱娜大婶装的。我和马修吃不完，你也帮忙吃一点儿吧。马修，你先盛你想吃的。”

马修摇了摇头。

“我一会儿再吃，你们分剩下的给我就行。”

“不行，这样爱伊莎会不好意思的。你和我先盛，然后爱伊莎再盛。”

马修苦笑着说：“我也不好意思，你怎么不管。”

他拿起勺子，把鸡蛋和饭盛到自己的盘子里。奥莉耶也盛了自己那份，还剩一大盘子饭。

“那个，你们再吃一点儿吧。大婶给我也盛了一大盘子，我吃不了这么多。”爱伊莎说。

马修对她说：“你能吃多少就盛多少，剩下的我吃。”

或许是因为穿着便服的缘故，马修看起来很放松，和爱伊莎第一次见到他时判若两人。

“对了。虽然说得晚了些，但在来这里之前，我先去了米尔查和乌查生活的农庄一趟。他们俩都过得很好。”

听到这些话，爱伊莎的心情突然好了起来，不禁探身往前。

“谢谢！我弟弟是不是很任性？”

马修笑着说：“没有，没那回事。农庄的主人夫妇只有一个男孩，那个孩子在玩方面是个‘天才’。米尔查好像整天都跟着那个孩子到处玩。乌查头疼地说是时候该教他干活了。”

两个人的样子浮现在眼前，爱伊莎不由得笑了。

“他们给你写了信，你想回信的话，我来送给他们。”

马修起身，从背后的架子上拿起一封厚厚的信，递给爱伊莎。爱伊莎急忙拆开信，信里有一张米尔查写的便条，上面写着“姐姐，你还好吗？我们很好”。字写得东倒西歪，一看就是米尔查的笔迹。还有一封乌查爷爷写的信，笔迹端正得像是字帖，密密麻麻写满了五张信纸。爱伊莎把这封信放回信封里，准备回去再看。

爱伊莎一直很担心米尔查，想知道他们过得怎么样。得知他们过得和以前一样好，心头似乎放下了一块大石头，心情变得很轻松。

“真的非常感谢您！今天我会把回信写好，拜托您了。”说着爱伊莎低下头。

马修微笑着点点头。

看着他们一边闲聊，一边把新鲜的蔬菜水果也盛到盘子里，准备好了各自的早饭。奥莉耶两手朝天，接着两手朝地，向天地众神献上了感谢之辞。

“好了，我们开始吃饭吧。”

用勺子把煎得软嫩的鸡蛋和浇满酱汁的米饭拌在一起，舀一勺放进嘴里，香草的香味立刻在口腔里扩散开。

鸡汤调的酱汁里加入香草碎，裹上早晨刚下的鸡蛋，配上蒸得粒粒分明的糯米饭，实在是太好吃了。

爱伊莎明明没有食欲，可吃了一口，肚子突然饿了起来，一口一口把饭往嘴里送。

大家默不作声地吃了起来。不一会儿，都把饭吃得干干净净。爱伊莎给每个人茶杯里都倒上茶。

“啊，太好吃了。莱娜大婶的秘制酱汁配什么都那么好吃。”

奥莉耶边伸手拿茶杯边说。

“我来这个山庄以前，没吃过旱稻。我的故乡提拉在山里，是个盆地，在水田里种植奥乐稻。所以第一次吃到旱稻做的米饭时，我有点吃惊。说实话，用奥乐稻煮的米饭更香。不过，你说你没有吃过奥乐稻，是吧？”

“是的。吃的是在山里的田地种出来的传统的小麦、荞麦。”

奥莉耶笑了笑。

“竟然是马修的表兄把小麦、荞麦送到你们家的。缘分这东西，真是不可思议。”

爱伊莎刚要点头，突然停了下来，不由自主地看着马修。

“不用担心，”马修平静地说，“奥莉耶什么都知道。”

爱伊莎看着马修。

“为什么……”

马修把手里的茶杯放到餐桌上。

“有件事我得向你道歉。”

“……”

“那天晚上，我跟你说了救你的理由。不过，那只是理由的一部分，我还没告诉你真正的理由。”

马修眼里浮现出难以形容的神情。

“我一直在想，世上要是有你这样的人就好了。”

“我这样的人？”

“嗯，你这样能通过气味了解万物的人。”

爱伊莎猛地抬头看着奥莉耶。奥莉耶脸上满是落寞的笑容。

“红毒蛾，也就是斑蛾的幼虫有一种特殊的……爱伊莎……”

“……”

“你能闻到那种气味，对吧？”

心跳得越来越快，快得胸口有点疼。爱伊莎表情僵硬地点了点头。

奥莉耶眼里泛着泪光。

“我，闻不到。”

·6·
《旅行记》

一道泪痕滑过奥莉耶红肿的脸颊。

“从小，我的嗅觉就很敏锐。可是，我闻不到斑蛾幼虫的气味，也闻不到在门那侧的人的气味。我没有那样的力量。”

奥莉耶眼含泪水，面带微笑。

“你知道我是香君，对吧？”

爱伊莎看着奥莉耶，点点头。

奥莉耶也点点头。

“我总觉得你知道，果然是这样。我在帘子后面，你闻出我的气味了？”

“是的。”

奥莉耶叹了口气。

“真厉害。那么大的房间，我在帘子后面，你还能闻到我的气味，并且记住。”

瞥了马修一眼，奥莉耶说：“看到马修写给我的信，我心想‘原来如此，所以……’

“虽然我知道，和你在山庄里一起生活，迟早会被你发现，我没有你那样的能力。可没想到是以这样丢人的方式被发现的。那些花太美了，我就想摘一枝插在房间里。”

爱伊莎看着奥莉耶，连呼吸都变得小心翼翼。

比起吃惊，另一个想法沉甸甸地压在她的心上——现在这些是我不该听的秘密。“我想你已经知道了，我根本不是‘神’。”

奥莉耶的声音有些颤抖。

“那年秋天……香君宫的使者来到我的家乡，寻找转世重生的香君时，我才十三岁。

“使者们跪在地上对我说‘您是香君大人转世’。从那一刻起，我的人生就彻底改变了。从那时起，我被当成活神供奉，被迫与家人分离，远离家乡，被带回了香君宫。”

奥莉耶眼神迷茫，似乎在望着远方。

“一开始，我想既然香君宫的使者们这么说，那我应该真的是香君转世吧。

“但是，我什么也感受不到。进入香君宫，也没有一丝熟悉的感觉。我很不安，在内心深处总觉得自己欺骗了很多人。

“我很害怕，总有一天会被人发现，会被人指着鼻子说‘她根本不是香君！她是假的！她假冒香君！’”

奥莉耶轻轻擦了擦脸上的眼泪。

“刚开始那半年，我真的很不安、很痛苦。好在拉奥老师一点一点告诉了我关于香君的真相。

“知道真相的时候，我很震惊，同时也放心了——原来假的香君不止我一个。”

奥莉耶露出苦涩的笑容。

“爱伊莎，香君就像一个美丽的神像，被赋予了重要的职责。它的起源很复杂，不是我现在告诉你你就能明白的。总之，或许除了第一代香君，历代香君都不是‘闻香知万象’的神。”

马修摇摇头。

“我认为第一代香君也不是神，她可能是……”

马修眼中闪烁着强烈的光芒。

“从异乡来的人。”

马修站起身，从挂在墙上的背囊里，取出一本薄薄的册子。他把盘子挪开，用布迅速把桌子擦干净后，把册子放在爱伊莎面前。

“这本书和我父亲原来看的那本手抄本一模一样。原书被封存在皇宫的书库里，书库由新旧卡修加家族共同管理。除非皇帝陛下或新旧卡修加家族的族长同意，否则根本读不到，自然也不允许抄写，但我父亲一直随身携带着。小时候，父亲在树荫下读这本书时，我问他：

‘《旅行记》讲的是谁旅行的故事？’父亲微笑着说‘是关于你的祖先旅行的故事’。”

视线落在册子上，马修说：“把我送到帝都两年之后，父亲失踪了，至今下落不明。

“我想在父亲珍藏的这本手抄本里，没准能找到什么线索。失踪时他可能随身携带着，我在他的藏书里找不到这本书。于是，我恳求拉奥大师，让我读了原书。因为是本古书，光读懂我就花了很长时间。我读了一遍又一遍，直到能背下来，然后又把它翻译成现在的语言，做成了这个手抄本。”

马修反复读了很多次吧。这本名叫《旅行记》的书已经泛黄，纸也起了毛边。

“你知道乌玛鲁帝国是怎么建立的吗？听说过皇室祖先的英雄传说吗？”马修问道。

爱伊莎点点头。

“父亲给我讲过这个传说：皇室的祖先阿莱尔与建立了卡修加家族的阿米尔·卡修加前往神乡奥乐玛茨拉，遇见香君大人，带回了奥乐稻，对吧？”

“是的。”马修点点头。奥莉耶用温柔的声音，像唱歌一样开始讲述：

“很久以前，山间小国乌玛鲁连年饥荒，饿死了很多人。为了拯救人民脱离困境，国王最小的儿子阿莱尔在严寒的山中闭关百日，向上天祈祷。

“于是，在第一百天时，天空中出现一道光，指向一个方向。

“阿莱尔坚信那是上天的启示，于是他带着好友阿米尔一起踏上了旅途。不久，他们找到白昼时分闪闪发光，黎明时分如火焰般燃烧的神门之山尤吉拉，向尤吉拉深处走去，终于到达神乡奥乐玛茨拉。

“当时正值隆冬，神乡里却像春天一样百花盛开。那里有很多豪华的宅邸，却不见人影。只有一个美丽的少女，生活在被广阔花园环绕的宫殿里。她对这两个来自异乡的强壮的年轻人说，如果他们能打败占领神乡、囚禁她的恶魔，把她从这里带走，就给他们在严寒之地也能生长的稻种。

“为了救出她，阿莱尔和阿米尔与恶魔殊死搏斗，终于带着她逃出了奥乐玛茨拉。

“她把稻种编在发饰里，把奥乐稻带出了神乡。奥乐稻无论是在寒冷的土地上，还是在荒芜的土地上，都能茁壮成长，收获很多粮食。

“从饥饿中解放出来的乌玛鲁人民变得健壮起来，不断繁衍子孙，国家日渐富裕。

“不久，阿莱尔统一诸氏族，当上了国王。随后又征服周边各国，逐渐扩张领土。就这样，在上天的护佑下，乌玛鲁从一个山间小国变成一个帝国。”

话音落下，风从窗户吹进来，轻轻吹拂着她的发丝。

马修伸手把书拉到手边。

“和每个国家的建国神话一样，这个英雄传说也有很多不同的版本。所有的记录我都看过，这本《旅行记》是其中最短最无聊的。书里完全没有记载‘山中祈祷’和‘得到上天启示’的故事，也没有写在奥乐玛茨拉和恶魔殊死搏斗的故事。只写了旅途中发生的事情。而且，不知道为何，只描写了从神乡回来的路上发生的事。——我父亲或许认为这是最接近事实的记录。我也这么认为。”

马修打开书，大概是因为翻来覆去读了很多遍，很快翻到了那一页。

“这本书是和皇太祖阿莱尔一起去神乡的阿米尔·卡修加的曾孙约修写的。

“年事已高、双目失明的阿米尔，有一天叫来约修，让他记录下自己与皇太祖共同经历的旅程。但是，书只写到了返回帝都的途中，没有写完。”

爱伊莎问：“书还没写完阿米尔就去世了？”

马修摇摇头，说：“不，阿米尔·卡修加是在国历五十八年去世的。这本书最后一次口述的日期是在那之前五年。”

马修翻到最后一页，爱伊莎看到上面确实写着“国历五十三年”。

“最后一次口述讲到他们到达横跨玛纳斯大河两岸的尤伊诺平原，故事在这里戛然而止。

“尤伊诺平原是乌玛鲁人第一次种植奥乐稻，开始栽培水稻的地方。皇太祖他们到达那里的时候，还是一片荒原。书上写着‘寒风呼啸，眼前是一片一眼望不到头的荒芜之地’。”

“尤伊诺平原……”

爱伊莎想起从摇晃的马车车窗往外望去时，看到的那片连绵不绝的稻田。那里离帝都已经不远了。

“真奇怪，既然都写到那里了，为什么不干脆写到胜利回到令人怀念的故乡呢？”

马修点点头。

“你也这么觉得吧？但是，比起这个，更让我觉得奇怪的是《旅行记》开头的部分。

“‘和皇太祖一起从神乡回到这个世界，那里是一片随处可见白色岩石的草地。他们在那里遇到了一位祈祷者。祈祷者从高高的山上经过一条白色岩石路，来到这里。’

“他对二人的突然出现感到惊奇，指责他们说：‘这里是禁忌之地，你们从哪里来的？’——书里关于这条白色岩石路的记载让我很好奇。”

大概是完全记住了，马修背得很流利。

“树木不生的高山上，有一条白色岩石路，如同深深裂开的达多拉。沿着山路往下走，流经谷底的河流，比碧玉还要绿。此乃幽玄之地，山谷低处，河流湖泊时隐时现……”

听着马修的话，遥远的记忆复苏，爱伊莎眯起眼睛。

“白色的岩石路，深深的裂纹，流经谷底的绿色河流……”

爱伊莎想起小时候从那些自山顶祈愿归来的年轻的“幽谷之民”那里听来的话。

爱伊莎不由得嘀咕了一句。

“……好像是大崩溪谷。”

马修抬起头，笑了笑。

“第一次读到这里的时候，我也打了个激灵。‘达多拉’是古语，指有裂缝的年糕。

“自从种植奥乐稻后，阿米尔·卡修加就能吃到年糕了。他对曾孙提起环绕大崩溪谷的高山上的白色岩石路时，用‘达多拉’来形容也不足为奇。”

马修喝了一口凉了的茶。

“大崩溪谷在帝都西边，但在英雄传说中，阿莱尔和阿米尔是往东走的。这些年，我一有机会就到英雄传说中描绘的东边去寻找，却从没发现一处符合这个描述的溪谷。

“我想我父亲大概也做过和我一样的事。他比我花了更长时间，然后得出了一个结论。”

马修看着爱伊莎。

“神乡奥乐玛茨拉在帝都的西边而不是东边。英雄故事中关于旅途的描写，是为了隐藏通往神乡的道路而虚构的，阿米尔·卡修加在意识到自己年老体衰后，想为后世留下一些关于真相的线索，所以让曾孙写了这本《旅行记》。”

爱伊莎“啊”地叫了一声。

“所以……所以你父亲去了大崩溪谷，然后……”

马修点点头。

“如你所想。所以我父亲才会来到大崩溪谷。然后，遇到我母亲，生下了我。”

清晨的阳光从窗户射进来，照在马修被太阳晒得黝黑的额头和半边脸颊上。

“我母亲是阿扎雷氏族族长的女儿。在‘幽谷之民’中，他们是生活在最偏远地区的一个氏族，也是说书人讲述那些流传久远的故事的那群人。

“你也知道，‘幽谷之民’很顽固，遵守着许多不为外人理解的规矩。

“特别是阿扎雷氏族，被很多禁忌束缚着。

“根据出身，规定了每个人可以讲哪些传说。即便同属阿扎雷氏族的人，也有不能讲的传说，不能听的传说。

“我的外祖父，也就是母亲的父亲，是阿扎雷一族祖先的直系后代，所以有资格讲述关于‘禁忌之地’的秘密传说。”

马修脸上露出苦笑。

“读到《旅行记》，意识到父亲为什么来大崩溪谷，我的心情很复杂。原来父亲接近母亲是出于这样的目的。”

奥莉耶手里拿着一个水润的红色萝蜜果，正剥着皮，开口说：“我以前也说过，就算你父亲是抱着那样的目的接近你母亲的，你母亲既然接受了他，说明他们是相爱的。”

奥莉耶看着马修，笑了笑。

“讨厌外族人的氏族，允许他们结婚，才有了你。”

马修没有回答，伸手擦了擦自己的脸。

“……我很后悔，十五岁的时候为什么那么幼稚。要是趁父亲和外祖父还活着的时候，多问问他们这些事就好了。”

叹了口气，马修接着说。

“当父亲让我去做伯父的养子，今后作为卡修加家族的男人活下去的时候，我感到无比愤怒。

“我觉得父亲太自私了。我喜欢山里的生活，从来没想过要和族人分开，成为一心推广被诅咒的奥乐稻的卡修加家族的一员。”

马修看着爱伊莎。

“你应该也知道，‘幽谷之民’讨厌奥乐稻，认为它是被诅咒的谷物。所以，我小的时候一直因为父亲是卡修加家族家主的儿子而感到自卑。但是，或许是因为外祖父和母亲的家人都很自然地接受了父亲，我从来没有因为父亲的事被人说三道四。

“现在回想起来，当时我应该去问问外祖父原因。外祖父是族人的主心骨，应该能告诉我一些其他人不知道的事。

“当年，对父亲和允许父亲那么做的外祖父，我很愤怒，一句话没和他们说就离开了家乡。如果我不那么幼稚，去问一问外祖父，至少可以得到一些我一直渴望知道的事情的线索吧。”

奥莉耶停下剥皮的动作，说：“马修的父亲和外祖父突然不见了，到现在依然不知所终。”

“啊！外祖父也失踪了吗？”

马修点点头。

“我十七岁那年，两个人突然失踪了。我得到回乡的许可，急忙赶了回去。可是，无论我和族里的男人们在山里怎么找，都没能找到他们。

“我母亲比我更擅长找人，如果是她去找的话，很有可能就找到了。可不幸的是，那时母亲身体不好，没能进山去找。

“听母亲说，最先失踪的是她大伯父，也就是外祖父的兄长。听说他进山三天还没回来，外祖父和父亲就出去找他。族里的男人们想一起去，外祖父阻止了他们，带上父亲就进山了。”

窗外随风传来双胞胎的声音。他们正把山羊从地下的羊圈里放出来，嘴里说着“走”“走”。

“没能找到父亲他们，我筋疲力尽地回去了。母亲把我叫去，对我说不用再找了，找了这么久也没找到，说明他们俩在一个不会被找到的地方。

“母亲一脸憔悴，可我总觉得她心里早就做好了早晚会有这么一天的准备。”

马修晒得黝黑的手慢慢抚摸着《旅行记》。

“那天晚上，母亲带我去了父亲的书房。

“父亲在我家隔壁搭了一间小屋，把那里当作自己的书房。父亲经常外出旅行，很少回来，就算回来了，也总是待在书房里。所以母亲经常半开玩笑地抱怨，把父亲比作冬眠的熊，把那间小屋叫作洞穴。

“那间小屋只有父亲才能进去，他不在的时候，门上着锁，我从来没进去过。

“小时候，我很好奇父亲的小屋，总想试试看能不能看到什么。可真到那天被母亲带去的时候，我却不想看她打开门。”

沉默片刻后，马修再次开口。

“小屋被父亲整理得非常干净，几个柜子里塞满了书和父亲写的手记。

“父亲对母亲说过，如果他什么消息都没留下就不见了，就把这间小屋交给我。条件是不许把屋里的东西带出去。

“接下来的三天，我一直待在小屋里读父亲的手记。没翻屋里的书，因为返回帝都的日子迫在眉睫。

“父亲的手记内容很多，还有很多地方故意省略了。短短三天，我没法完全理解，但有几处记录让我很震惊。

“第一处是关于行踪不明的母亲的大伯父的记录。”

马修抬起头，看着爱伊莎。

“在丘库齐的帐篷里，你问过我‘是不是利塔兰’，对吧？”

“是的。”

“你为什么会那么想？”

身上散发着青香草气味的老人，一步一步往山林深处走去的身影，浮现在爱伊莎眼前。

“因为你身上有青香草的气味。”

听爱伊莎这么说，马修笑了。

“你知道吗？青香草没有气味。”

·7·

母亲们的来历

一时之间，爱伊莎没明白马修的意思，反问道：

“……没有气味？”

马修点点头，看向奥莉耶。

奥莉耶从怀里取出一个绣着漂亮纹样的小袋子。青香草的气味一下变得浓郁起来，弥漫着整个房间。

奥莉耶把袋子放在鼻子上，用力吸了一口气，看着爱伊莎。

“我只闻到了布的气味。”

爱伊莎瞪大眼睛。

“欸？……怎么会，明明有这么大的气味。”

斑蛾幼虫的味道确实很小，奥莉耶闻不到，爱伊莎也不觉得有什么奇怪的。可她竟然闻不到充斥着整个房间的青香草的气味，这令爱伊莎难以置信，就像有人跟她说看不见眼前的桌子一样。

“真的闻不到吗？气味明明这么重。”

爱伊莎看了看马修。

“您也闻不到这个味道吗？”

马修摇了摇头。

“我能闻到，虽然不觉得气味有你说的那么浓。”

爱伊莎眨了眨眼。

“欸？……那不是有气味吗？”

马修缓声说。

“你和我能闻到，我母亲也能闻到。但是，我的亲戚们都说青香草没有气味。直到现在，除了我母亲，我还没有遇到其他能闻到这个气味的人。——当然除了你。”

你是利塔兰吗？

爱伊莎想起她说这话时马修脸上惊愕的表情，半张着嘴，看着马修。

“你说那时候你闻到了青香草的气味，所以以为我是利塔兰。”

“是的。”

“谁告诉你的‘利塔兰’的意思？”

“‘幽谷之民’的大婶。”

爱伊莎告诉马修自己在森林里迷路，倒在青香草花盛开的草地上，被一位身为利塔兰的老人所救。马修一脸震惊。

“那是什么时候的事？你多大？”

“嗯……我记得是六岁那年。”

马修和奥莉耶面面相觑。奥莉耶的脸上也流露出兴奋的神情。

“怎么了？”

爱伊莎问完，马修看着她说：“救你的就是我母亲的大伯父。”

爱伊莎大吃一惊。

“啊！就是最早失踪的那位大伯父？”

“是的。那个时候，‘幽谷之民’里成为利塔兰的只有他。如果是你六岁那年，又是青香草花盛开的季节，那你看到的或许是失踪之前的伯外祖父。你说你倒在泉水旁的草地上，那附近有青香草吗？”

“有。”

“如果是这样……”

说完，马修把目光投向空中，陷入了沉默。

“如果是这样，怎么了？”

当奥莉耶焦急地问时，马修开口说：“那我们果然找错了方向。”

“什么意思？”

马修看着奥莉耶。

“伯外祖父经常在我们叫‘胧谷’的山谷一带活动。所以当年我们以胧谷为中心，向四周寻找。可是，如果爱伊莎碰到伯外祖父是在他失踪那天，也就是说他走的是完全不同的方向。”

奥莉耶歪着头。

“也许不是那天呢。”

爱伊莎说：“如果他救我是在他失踪那天，那把我带回家的大婶应该会告诉大家吧？如果知道您的伯外祖父失踪了，她一定会说他在那里出现过。”

马修摇了摇头。

“外祖父和父亲下落不明的事，阿扎雷一族告诉了其他的‘幽谷之民’，但最先失踪的伯外祖父的事，阿扎雷一族应该没有对外人说起过。”

“欸？为什么？”

“因为对阿扎雷一族之外的‘幽谷之民’，比如把你带回家的大婶来说，伯外祖父只是一个为了遵守誓言而活着的悲哀的利塔兰，但对于阿扎雷一族来说，伯外祖父却是一个不能提起的禁忌。

“阿扎雷族有一种说法，‘如果说到，他就会出现’‘如果说了，他就会跟着来’。所以，他们很讨厌把与禁忌相关的事说出口。”

这时，房间里暗了下来，从窗户吹进来的风变得凉飕飕的，夹着雨的气味。

双胞胎慌忙跑出去把羊赶回来。

马修站起来，走到窗边，关上窗户。

山庄的玻璃窗用的是好玻璃，就算关上窗户也很透光。即便如此，一关上窗户，屋里还是顿时暗了下来。

三个人的脸变得只可见轮廓，但气味变得浓郁起来，就像在太阳下山后，篝火的颜色变得清晰可见一般，气味的轮廓也明显起来。

“爱伊莎，你身后的柜子里有装打火石的盒子，你能把灯点起来吗？”

“好的。”

爱伊莎拿出一个打火石，点亮屋里的灯。

灯点亮后，屋里有了黄昏时分的感觉。

不等马修坐到椅子上，爱伊莎就问。

“‘被视为不能提及的禁忌之人’是什么意思？是指不能跟他接触吗？”

马修拉开椅子，边坐下边回答。

“不是的。平时他只是族里的一个普通人。”

马修交叉双手，开始述说。

“小时候，伯外祖父经常陪我玩。他不爱说话，但为人稳重，在找寻草药方面是个高手。我那时候还小，总觉得他一个人生活很不可思议。

“乡里也有伴侣去世后独居的老人，但这样的人一定会和孙子或兄弟姐妹一起生活。可伯外祖父一直都是一个人，没听说他有妻子或孩子。外祖父、母亲和亲戚们也从来没提起过这些事。有一次，我问外祖父：‘伯外祖父为什么不到我们家来一起生活呢？’外祖父只一脸严肃地说‘千万别这么问你伯外祖父’。外祖父之所以表现出这种态度，是因为我这么问很可能问了不该问的事，触犯了禁忌。

“所以，我再也没有说过这样的话，也没有问伯外祖父。”

窗外风声呼啸而过，吹得窗户咔咔作响。

“读了父亲的手记，我才知道伯外祖父为什么会成为一个禁忌，也有些明白为什么外祖父会同意我父母结婚。我母亲……”马修的眼里浮现出复杂的情绪，“不是外祖父的女儿，是伯外祖父的女儿。”

爱伊莎吃惊地睁大了眼睛。

马修苦笑了一下。

“领养和自己有血缘关系的孩子，在我们家乡并不是什么新鲜事。但是，母亲的情况……不同寻常。”

啪嗒、啪嗒、啪嗒，豆大的雨点打在窗户上。

“在他年轻的时候，伯外祖父曾经一度下落不明。他进山去寻找昂贵的药材，没有再回来。他失踪了十多年，所以大家都以为他死了，为他举行了葬礼。

“然而，一个风雨交加的夜晚，伯外祖父回到了乡里。——穿着大家没见过的衣服，留着一头长发，带着两个女孩。”

风摇晃着窗户，哗哗地抚摩着窗玻璃。

“大家问他这么多年去哪儿了，他答不出来。不仅如此，他似乎忘了该怎么说话，只是茫然地看着大家。

“伯外祖父变得有些痴痴呆呆，没法抚养孩子。刚刚生下三儿子的外祖父收留了他的两个女儿，把她们抚养长大。

伯外祖父开始和我曾外祖父、曾外祖母一起生活，他们当时还健在。慢慢地，他能开口说话，也能干活了。可不知道为什么，一看到那两个女孩，他看起来就很痛苦。所以外祖父并没有把她们还给伯外祖父，而是一直养着她们。

可是，那个时候，连着两年荞麦和大麦都歉收，阿扎雷族人的日子过得很苦。外祖父那时还很年轻，要抚养五个孩子很不容易。或许是因为这样，只有我的母亲作为外祖父的女儿活了下来。另一个女孩是什么时候被送到哪里去的，父亲的手记上没有记载。”

雨声越来越大，风通过缝隙吹进屋里，灯光摇曳。

“至少我不知道还有那个孩子，母亲也没有告诉过我。外祖父和阿扎雷一族之所以从来不提那个孩子，或许是因为他们对我母亲和那个孩子的出身抱有疑虑——比起疑虑，更准确地说是恐惧吧。”

灯光摇曳，照着餐具。马修漫不经心地看着餐具的影子，继续说道。

“阿扎雷氏族流传着不可思议的故事。这个故事本身并不是什么禁忌，我小时候也听外祖父讲过。

“在被大山包围的阿扎雷，偶尔会有人进山后再也不回来，或是在几年后突然回来。

“这些人穿着大家没见过的衣服，带着女孩回来。他们的头发修剪过，却乱蓬蓬的。

“这些回来的人，有些迷迷糊糊的，好像把灵魂忘在了什么地方，回来以后很快就去世了。有些人活了很久，某一天突然找回失踪时的记忆，好像被遗忘的灵魂回来了似的，然后一直在山上徘徊，好像在寻找什么。

“这些人一辈子不娶妻，一个人生活。

“一个人活着，一个人在山里徘徊，看起来就像是以舍弃今生的生活为代价，希望能够找回失去的某些东西。

“他们总是把青香草揣在怀里，随身携带。所以那些遇到悲惨的事、心有所愿的人就会模仿他们，把青香草揣在怀里。慢慢地，人们把那些心有所愿的人称为‘怀揣青香草的人’——利塔兰。”

马修叹了口气，接着说。

“被他们带回来的孩子，虽然漂亮又聪明，但大多寿命很短，还没成家就去世了，活得久的也没有出嫁。——就是这样一个传说。

“当我第一次听到这个传说时，我问外祖父，那些人失踪时去了哪里。他只是缓缓摇了摇头，没有回答。”

“……所以地点是禁忌。”

爱伊莎喃喃自语。马修挑了挑眉，点点头，有点惊讶。

“你真聪明。——是的，传说本身并不是禁忌，但他们失踪时去了哪里，做了什么，却是禁忌。”

口干舌燥的爱伊莎喝了一口茶，茶早就凉了。

听着听着，一个念头出现在她脑海里，使她心里很难受。

年纪轻轻就去世的美丽的母亲的身影，像火影一样在她眼前摇晃。

——原来是这样，……所以他身上有青香草的味道。

那天，母亲听爱伊莎说完后轻声说的话在她耳边回荡。

爱伊莎声音嘶哑地问："我母亲是您伯外祖父从禁忌之地带回来的孩子，对吗？"

马修凝视着爱伊莎，点点头。

"您母亲还健在吗？"

"不。她在我十九岁的时候去世了，才三十五岁。"

胸口一阵刺痛，爱伊莎吸了一口气，说道：

"我母亲也去世得很早，才三十四岁。我母亲……她能闻出青香草的气味。"

只有风雨的声音，在寂静的房间里回响。

马修开口说：

"当你问我是不是利塔兰的时候，我就像被闪电击中了一样。脑子里浮现出好几个想法。在那之前从没想过的事情，一件一件在我脑海中盘旋。"

"……"

"其中一个想法就是，说不定你是我表妹。你现在也是这么想的，对吧？"马修用低沉的声音说。

爱伊莎点点头。

“十有八九是这样。你、我，还有我们的母亲，都能闻出青香草的气味。

“我们的嗅觉比其他人敏锐得多。米尔查呢？他的嗅觉也很敏锐吧？”

“他的鼻子没我灵，但我觉得比我父亲和乌查爷爷强多了。”

“这么说来，或许女人比男人对香味更加敏感。总之，结合种种情况考虑，我们俩可能是表兄妹。不过，不知道伯外祖父带回来的两个女孩是不是姐妹，因此不知我们俩是不是有血缘关系。”

爱伊莎茫然地看着马修，觉得头皮一阵阵发麻。

“但是没有确凿的证据。读了父亲的手记后，我一直想找到另一个女孩的下落，可始终找不到一丝痕迹。我母亲可能知道，但我总是问不出口。再加上那个时候我很难有机会回家乡，总想着下次回去一定要问。可还没等我问，母亲就去世了。”

马修叹了口气。

“很多事我都想问母亲，结果重要的事一件也没问……

“我听舅舅说，你们住在森林里的时候，母亲有时会送粮食去，所以她可能知道你母亲是她妹妹。可惜，现在一切都无从得知了。我和舅舅们都只认为你们一家是被流放的真正的王族。”

爱伊莎想起那些给她们一家送粮食的“幽谷之民”的女人们的脸。

她经常看见母亲和她们聊天，其中一个就是马修的母亲吧。

“如果你的母亲是另一个女孩的话，外祖父一定是出于某种理由，把她托付给了对‘幽谷之民’来说很重要的王——凯尔安身边的人吧。遗憾的是，已经无法知道事情的经过了。”

这时，一直沉默的奥莉耶突然开口说：“我想问……”

奥莉耶神情严肃地盯着马修。

“为什么要先说这件事呢？先说了这件事，爱伊莎的想法就会被束缚。”

爱伊莎惊讶地问奥莉耶。

“束缚我的想法？什么意思？”

奥莉耶正要回答，马修在一旁插嘴道：

“接下来，我想拜托你做一件危险的事。奥莉耶担心你先听我说了刚才的话，会很难拒绝我。”

马修看着奥莉耶。

“我并不是因为有所图谋，才先说那件事的。不管怎么样，都会说到那件事，不管先说哪件事，都会影响爱伊莎的判断。”

奥莉耶皱起眉头。

“……你说的或许是对的。”

然后，奥莉耶叹了口气。

“我真的很讨厌你这样。”

听到这句话，马修笑出声来。

“你笑什么？”奥莉耶挑眉问道。

马修摇了摇头：

“没事，一件小事而已，没什么。”

“什么事？你越不说我越想知道。”

马修无奈地苦笑着回答：

“我只是想起来，你小时候经常说‘你讨厌我正好，你喜欢我才麻烦呢’。”

奥莉耶一脸无奈地叹了口气，看着爱伊莎说：“不好意思，本来我不应该插嘴。可是，我很讨厌，或者说，我很犹豫要不要对你说这件事。”

“哦……”爱伊莎困惑地嘟囔了一声。

“我还不知道是什么危险的事……”

“是啊，对不起。”

奥莉耶叹了口气，摇了摇头。

“虽然我很无奈，可就像马修说的，不管先说哪件事，结果可能都是一样的，但是……”

奥莉耶直视着爱伊莎。

“有一件事我希望你能记住。

“接不接受我们的请求是你的自由，千万不要因为‘那么做对不起马修和奥莉耶’‘我那么做他们会看不起我吧’这样的理由而答应。这是我的真心话，请你一定要牢牢记住。我绝对不会不顾你的意愿，强迫你一定要站在我们的立场上。”

·8·

皇太祖来时之路

灯光摇曳，发出小小的刺啦刺啦声。

爱伊莎想站起来，马修用手制止了她，自己站起来，从橱柜里拿出油壶，一边往灯里添油一边说：

“我先说伯外祖父的事，是想让你看到我父亲思考的过程。”

把油壶放回橱柜，关上柜门，马修坐回椅子上。

“父亲按照《旅行记》的记述，来到大崩溪谷。我不知道他和母亲是怎么相识、结婚的，也不知道他是怎么知道伯外祖父是他真正的岳父的。但我想，当他知道伯外祖父带着我母亲从禁忌之地回来时，他心里就产生了一个假设。”

想想他刚才说的，马修要说什么显而易见。

“你是说神乡奥乐玛茨拉在大崩溪谷的某个地方？”

马修点点头。

“是的。父亲认为阿扎雷族人所说的禁忌之地就是神乡奥乐玛茨拉，那些行踪不明的人偶然间到了那里，在那里生活，又从那里回来。皇太祖和阿米尔·卡修加也经历过和他们一样的事。”

随着一个想法浮现在脑海中，爱伊莎不由得看向奥莉耶。

“他们也带了女孩回来……”

奥莉耶缓缓点了点头。

“是的，他们也带回了一个女孩——第一代香君。”

昏暗的天空中响起低沉的雷声，由远及近。

“可是……”爱伊莎皱起眉头，歪着头。

“既然如此，为什么没有留下传说呢？因为那里对阿扎雷人来说是禁忌之地？皇太祖是为了保护阿扎雷人的禁忌吗？”

马修开口说：“这也是我觉得奇怪的地方。他们没有照实说，这是为什么？

“是因为不能透露关于神乡的事情吗？就像阿扎雷人一样。

“或许是这样，可事到如今已经无从考证。不过，父亲认为还有别的理由。”

“别的理由？”

“是的。父亲认为乌玛鲁人与‘幽谷之民’实际上同根同源。”

爱伊莎眨了眨眼。

“同根同源？是说祖先相同吗？”

“没错。听起来可能很离奇，可我读到父亲的假说后，也觉得没准真是这样。可以说，当时我受到了巨大的震撼。

“我来帝都还不到一个月的时候，一位卡修加家族的老人去世，我参加了他的葬礼。你可能还没见过乌玛鲁人的葬礼。乌玛鲁人的葬礼上有一个在黄昏时分举行的‘送魂仪式’。

“这是把逝者的灵魂送回故乡的仪式，祈祷师爬上逝者家的屋顶，面朝黄昏的天空念诵经文。听到经文的时候，我有一种非常奇妙的感觉。”

马修闭上眼睛，开始低声吟诵经文，声音抑扬顿挫——

离开沉重的身体，变得轻盈的灵魂啊，听好了。

像阿鲁霞鸟一样飞上高高的天空，先去寻找河流。

找到那条倒映着天空，闪闪发光的河流。沿着这条河流飞翔吧！循着光一直飞翔，不久就能看到玛纳斯大河。

离开沉重的身体，变得轻盈的灵魂啊，听好了。

到达玛纳斯大河后，请在马格里山丘稍事休息。体力恢复后，就朝着天光下沉的方向前进。

越过米什拉山丘、托多玛平原、伊阿玛河，一路向西……

马修睁开眼睛。

“听到经文，我觉得很奇妙，是因为我知道经文里出现的那些地名。不久前，我正是经过伊阿玛河，穿过托多玛平原，翻过米什拉山丘，沿着汇入玛纳斯大河的支流逆流而上，来到了帝都。

“也就是说，如果灵魂按照经文所吟诵的那样飞翔，就是把我从故乡大崩溪谷到帝都的旅程，反着走了一遍。

“我很好奇，为什么一个在帝都长大的乌玛鲁人死后要回归的故乡，是在这样一条道路的尽头。葬礼结束后，我问了当时跟在我身边，教导我关于帝都生活种种的随从。他的回答又让我感到很意外。”

“他是怎么回答的？”

“那个随从，他是一个土生土长的乌玛鲁人，说经文中出现的地名，除了玛纳斯大河，他都没听说过。什么马格里山丘、米什拉山丘，这些地名他听都没听过。他很认真地说每次听到这个经文，他都担心自己死后会迷路。”

“马格里山丘、米什拉山丘……”

爱伊莎歪着头，嘴里嘟囔着。

“我也不知道这些地方，也不知道从西坎塔鲁到帝都来的路上，有没有经过这些地方。”

马修微笑着说：“如果是马乌里和米西亚，你听说过吗？”

“欸？是那两个山丘？”

“是的。在乌玛鲁语里，把马乌里山丘和米西亚山丘叫作马格里、米什拉。”

爱伊莎觉得有些混乱，在脑海中思考着马修的话。

“欸……不过，马格里、米什拉，也不是西坎塔鲁语的地名吧。您为什么会知道呢？”

马修眼里浮现出光芒。

“西坎塔鲁语中没有这些地名，但是‘幽谷之民’是这样说的。”

“啊？可是……”

“你不知道吧，因为我们下山后，和西坎塔鲁人说话时，也说西坎塔鲁语。虽然口音很重，但你们应该能听懂吧？”

“嗯。”

“可是，我们平时说‘幽谷之民’的语言。”

“欸！你们说不同的语言吗？”

“虽然不至于不能沟通，但两种语言很不一样。父亲在乡里说的也不是乌玛鲁语，而是‘幽谷之民’的语言。

“来到帝都，乌玛鲁人说的话让我感到很亲切。比起西坎塔鲁语，乌玛鲁语和我的家乡话更像。虽然有些单词的发音不同，但只要记住变化形式，很快就能说得很流利。把马格里山丘叫作马乌里，很符合乌玛鲁语特有的变化。

“所以，当我读到父亲写的‘我们和乌玛鲁人很可能同根同源’时，觉得很可能真是这样。后来读到《旅行记》时，这种想法变得更加强烈。”

马修拿起《旅行记》。

“为什么阿米尔·卡修加要留下从大崩溪谷出发的旅途的记录，

而不是出发前往大崩溪谷的旅途的记录？——如果那是因为大崩溪谷不是终点，而是起点呢？”

爱伊莎倒吸了一口气，凝视着马修。

“我父亲的假设是这样的：

“很久以前，由于遭遇冷夏，生活在大崩溪谷的人们陷入饥荒之中。

“这时，两个年轻人恰巧失踪了。不久，他们从禁忌之地带回一个少女。

“他们带回了奥乐稻的种子。

“奥乐稻有超乎寻常的抗寒能力。而且，在原本不可能种植水稻的大崩溪谷也能生长。那个时候，生活在大崩溪谷的人们，因为这种奇迹般的水稻而得救。

“但是，不知是几年后，还是十几年后，发生了一件事。这件事使奥乐稻成为他们眼中被诅咒的谷物，遭到人们厌弃。

“父亲认为，那时候，‘幽谷之民’很可能分成了两派。

“一派留在故乡，认为奥乐稻是被诅咒的谷物，从此不再种植。另一派在皇太祖阿莱尔和阿米尔·卡修加的率领下，带着奥乐稻，和香君一起，踏上了寻求新天地的旅途。”

翻开那本薄薄的书，马修读起最后的部分。

“滔滔大河玛纳斯有许多支流。被拉马尔等称为‘大荒原’（读作‘尤伊诺’）的广阔平原虽水源丰富，但夏季短暂，是一片不毛之地……”

马修抬起头，视线离开《旅行记》。

“皇太祖们来到了平原，那里水源丰富，只要克服寒冷，就有可能获得丰收。”

听到这里，脑海中有什么闪过，爱伊莎低声说道：“难道……”

“《旅行记》之所以写到那里就结束，并不是写到半路就不写了，而是因为那里是终点？”

马修粲然一笑。

“你真的很敏锐！”

马修晃了晃起了毛边的书，说道：

“读到这个的时候，我也是这么想的。把帝都建在现在的地方是后来的事，阿米尔·卡修加他们一开始生活在尤伊诺平原上。为了暗示这一点，他在结尾的地方给人留下一种书才写到一半的感觉，让人心生疑惑。”

爱伊莎想象人们站在荒凉的大平原上的情景：

天色昏暗，地平线却很亮。虽然寒风刺骨，但人们把那些在严寒中也能生长的稻种紧紧抱在怀里。

有女人也有孩子。远离故土，在陌生的土地上生活，他们会不会感到不安？

“尤伊诺平原上没有人居住吗？会不会被盗贼袭击？”

爱伊莎说完，马修说“原本也有人居住”。

“史书记载，在皇太祖奠定帝国基础的时代，尤伊诺平原一带有一个叫拉马鲁的小国。这个小国的人民，就是率先向皇太祖表示恭顺之意，共同建立了帝国的拉马鲁人。

“据说那时候尤伊诺平原一带比现在更冷，一年的大半时间都像冬天一样。在那样的时代，连谷物都不能种植，只能依靠畜牧业为生的拉马鲁，能不能被称为‘国家’都值得商榷。”

“拉马鲁……拉马鲁骑兵团的拉马鲁？”

“对。拉马鲁人支撑着乌玛鲁帝国的骑兵团，世世代代都是忠臣，受到重用。他们原本是在尤伊诺平原一带靠牧羊、牧马为生的骑马民族。皇太祖正是通过统治他们，得到骑兵团，才得以扩张领土。”

“可是……”

爱伊莎皱起眉头。

“他们是骑马民族，骁勇善战，皇太祖们作为后来者，是怎么使强大的他们归顺的？拉马鲁应该强悍得多吧？”

听到这里，马修的眼中浮现出强烈的光芒。

“使武力强盛的骑马民族归顺的是香君。”

“欸？”

马修看了看奥莉耶，见奥莉耶点了点头，开口说：

“关于这件事的来龙去脉，《香君正史》和《香君异传》中都有记载。这两本书虽然有些地方很不一样，但《拉马鲁归顺》那部分写得几乎一样。所以，应该很接近事实。”

奥莉耶抿了抿嘴，视线往下看，慢慢讲了起来。

“很久以前，暴风雪持续了三天三夜。晚上，有人敲响了香君宫的门。

“侍女打开门，只见外面站着十来个拉马鲁男人，带着女人和孩子。他们又饿又冷，连话都说不出来。香君大人把他们请进屋，让他们烤火，还把刚煮好的米饭加水煮得软烂，用珍贵的盐调味后给他们吃。一群人非常高兴，吃得津津有味。

“一碗软烂的粥没一会儿就吃完了，孩子们哭闹着还想吃。父亲们严厉地告诉他们，饿了很久的人，不能一口气吃太多东西。

“带头的男人跪下向香君大人道谢，自称名叫哈尔登 · 罗伊 · 拉马鲁，是罗伊一族的首领。

“罗伊一族是勇猛的游牧民族，被称为拉马鲁王的‘盾牌’。这年冬天，在罗伊族的男人们打瞌睡的间隙，拉马鲁王的爱马被狼吃了。拉马鲁王因此勃然大怒，剥夺了他们的领地，把他们流放到了这个不毛之地。

“男人说的时候眼里泛着泪光。

“暴风雪来临前，他们已经吃光了粮食，孩子们冻得瑟瑟发抖。就在他们以为自己的人生到此为止时，看见了远方的灯光，费尽千辛万苦来到了这里。香君大人很同情他们，让他们和乌玛鲁人一起生活。

“看到乌玛鲁人的米仓，他们极为震惊。因为七间宽敞的米仓里堆满了金黄色的稻谷。乌玛鲁人毫不吝惜，把米分给他们，热情地招待他们。等漫长的冬天结束时，他们养好了身体。

“春天来到后，罗伊一族成为乌玛鲁人的好帮手，帮忙耕种冻得硬邦邦的田地。

“一开始他们不知道怎么用犁。后来，他们把香君大人发明的犁套在带来的马上，让它们耕地。田地变得肥沃，到了秋天，大家一起收割丰收的奥乐稻。

“看着在冰冻的大地上茁壮成长的奥乐稻，罗伊一族领悟到乌玛鲁人民是受到天神庇护的子民。他们知道了香君大人的力量，也知道了救自己的人是一位活神。

“他们跪下祈求，希望能在香君大人的庇护下永远生活下去。香君大人答应了他们的请求。

“但是，在罗伊一族中，有一个心怀歹意之人——哈尔登的叔叔乌恩。乌恩希望能够重整旗鼓，重新树立起罗伊一族在拉马鲁人中的威信。于是，他在收割完稻子后，偷偷溜回拉马鲁王身边，告诉他自己找到了在严寒中也能结出金黄稻谷的田地。

“听到这个消息，为饥荒所苦的拉马鲁王欣喜若狂，率领上千名骑兵袭击了乌玛鲁。

“在乌恩带领下，拉马鲁王到达乌玛鲁，却只看见一座空荡荡的城池——香君宫和王城里空无一人，就连百姓家里也没有一个人影。

“七个米仓都是空的，只有一个米仓里留下了一堆稻种。稻种旁边有一堆肥料，仿佛在说‘用这些来种稻子吧’。

“当拉马鲁王、乌恩和重臣们走进米仓后，哈尔登从稻种后面冒出来，用雷鸣般的声音说：

“‘香君大人对忍冻挨饿的拉马鲁子民给予温暖的同情，以仇报德、欲壑难填的人啊，还有那些用欲望引诱邪恶之人的人啊，你们听好了！

“‘身为活神的香君大人说再给你们一次改过的机会。

“‘这些奥乐稻的稻种，是天神授予你们的稻种。

“‘若是谨遵天神旨意、心地纯洁的人播种，在冰冻的土地上也能结出金黄的稻谷；若是心怀歹意的人播种，就会带来巨大的灾难。

“‘重臣们，听好了！你们支持的王是不是真正能给你们带来幸福的王，等收获时你们就知道了。’

“哈尔登的愤怒和威严让所有人都呆立在原地，不敢动弹。

“他威风凛凛地从众人之间穿过，离开米仓，不知去向了哪里。

“第二年春天，拉马鲁王和他的手下，犁好冰冻的田地，撒下米仓里留下的稻种。

“尽管那年夏天是冷夏，奥乐稻还是长得很好。到了秋天，大获丰收，七个米仓都装不下这些粮食。

“拉马鲁王欣喜若狂，告诉百姓这就是证据，证明他是天神挑选的王。

“但是，待到稻谷一脱壳，大家都惊呆了。谷壳里空空如也，一粒米也没有。

“手里捧着空稻壳的拉马鲁人感到震惊、恐惧，领悟到他们尊奉为王的男人是个败絮其中的草包。

“毫无疑问，这是天神的旨意。亲眼见证了神迹的拉马鲁人废除了拉马鲁王，把他和乌恩用绳子捆起来，放在马背上，让马往大雪飘舞的平原跑去。

“这时，一个骑着白马的美丽女子从大雪纷飞的远方跑来，轻轻摸了摸两人骑的马。

“马被女人一摸，立刻垂下头，跟在她身后。

“拉马鲁人无声地凝视着这个把罪人带回来的漂亮女人。

“女人静静地站在拉马鲁人面前，温柔地说：

“‘对悔改的人无须鞭子。希望在我的庇护下，种植金色稻谷的人，请归顺乌玛鲁王并宣誓效忠。’”

听完这个长长的故事，爱伊莎叹了口气。

“稻壳里什么也没有，为什么会发生这样的事？”

爱伊莎喃喃自语。马修和奥莉耶相互看了对方一眼。

见奥莉耶轻轻点头，马修转向爱伊莎，开口说：

“这个故事里说的‘空稻壳’，可能是一种比喻的用法。实际上，奥乐稻都能脱出米。”

“只是，”马修继续说道，“就像你知道的那样，这些米能吃，但收获的稻谷不能当稻种用。把它们播撒在田地里，也不会发芽。所以，人们每次都必须用帝国发放的稻种。——奥乐稻不仅给他们带来了丰收，也让他们屈服于乌玛鲁。”

马修的声音突然和父亲的声音重叠在了一起。

“父亲把奥乐稻叫作‘带来喜悦与悲伤’的稻谷。”

“关于奥乐稻，有一个被严密保守的秘密——‘发芽的秘密’。知道这个秘密的只有香君、皇帝陛下，以及新旧卡修加家族的家主及其直系子孙。

“除此之外的人若是知道了这个秘密，不管是知道秘密的人还是说出秘密的人，无须经过审判，便可当场直接处死。”

马修的声音很平静，但他话里透露出的“绝不姑息”的态度刺痛了爱伊莎。

马修盯着爱伊莎说：

“我想拜托你的事，和奥乐稻的秘密密切相关，包括‘发芽的秘密’。所以，听完我的话，如果你接受我的请求，也就意味着你将过上与危险为伍的生活，随时可能被处死。”

“……”

“如果听完我的话，你不想参与这么危险的事情，就老实告诉我。我会当今天什么都没说过。只是，要请你发誓，无论发生什么都不会把今天听到的事说出去……”

马修身上散发出复杂的气味。看着马修的眼神，爱伊莎明白了为什么马修会一边冒险跟她说这些，一边对她说你可以随时退出。

“他把我的一切都捏在手里。”

米尔查、乌查爷爷，还有爱伊莎——但凡马修想让他们消失，有的是办法让他们看起来像是死于西坎塔鲁的内讧。

这个想法很残酷，也因此让爱伊莎相信他说的“你可以随时退出”。

爱伊莎不可能透露今天听到的秘密。正因为三人都相信这一点，所以她在听完事情的来龙去脉后可以选择不参与其中。

“奥乐稻的秘密……”

祖父拒绝种植的“奇迹水稻”——给人们带来喜悦与悲伤的稻谷，影响了包括母亲在内的许多人的命运。

爱伊莎直视着马修的眼睛，对他说：“您说吧！”

山间天气变化无常，原本阴沉的天空在午后变得晴空万里。

久旱的草木恰逢甘霖。爱伊莎闻着湿润的草木的香味，穿过森林，走进西边的田野。虽然她小跑着穿过了森林，可头发、脸和衣服仍然被树叶背面滴落下来的水珠打湿了。

雨停啦，树荫下，下小雨。——小时候母亲像唱歌一样说的这句话，突然出现在爱伊莎脑海中。

西边田地的气味依旧热闹非凡。塔克大叔蹲在地里干活。

“大叔！”爱伊莎叫了一声。

塔克大叔直起腰，看着她，说了一声“在这儿”。

爱伊莎走到大叔身边，看着奥乐稻的嫩叶。这里的奥乐稻生长速度比其他区域慢得多。

上次来看的时候，爱伊莎就发现了这个问题。再次站在生长缓慢的奥乐稻旁边，更是清楚地感受它们散发出来的气味是多么微弱。

“是什么使它们平静的？”

这里的土壤和她以前见过的种植奥乐稻的土壤味道很不一样。难道是混在土壤里的某些东西改变了土质，抑制了奥乐稻的生长？原来它们总叫嚷着“这里是我们的地盘”，现在这种“气味之声”平静了一些。

闭上眼睛，各种各样的气味从地里袅袅升起，随风飘散。其中有几种熟悉的草的气味。

“……伊荠草、夕露麻草、奥芪诺草。”爱伊莎嘴里念叨着。等她睁开眼睛，只见塔克大叔半张着嘴，盯着她看。大叔似乎想说些什么，清了清嗓子，说：“都磨碎混在肥料里撒在地里了，你站在那儿就能知道是什么草吗？”

爱伊莎点了点头。大叔吐了口气，说：“这样啊。”

“你也知道那些草在做什么，对吗？”

爱伊莎边寻找合适的语言，边说：

“抑制奥乐稻生长，也会弱化它的气味。令人不可思议的是，这些草进入土壤后，奥乐稻的气味就和原来不一样了。”

爱伊莎一边说，一边闭上眼睛闻了闻气味，随后又睁开眼睛。

“但是，伊荠草……怎么说呢，就像一个我行我素的野蛮人，不擅长与他人合作。它干扰了其他的草，使它们没能散发出本来的气味。如果想抑制奥乐稻，选择别的草可能会更好。”

塔克大叔的脸慢慢变红了。想用手摸摸脸，发现手上全是泥，便用衣服擦了擦手。

“哎呀……”

大叔微笑着叹了口气。——那是发自内心的开心的微笑。

看着那张笑脸，爱伊莎突然感到一股热血在胸中蔓延。

那是喜悦——她有生以来从未感受过的热烈而深沉的喜悦。

·9·

带来喜悦与悲伤的稻谷

“我花了很长时间，才找到这三种草的组合。”

塔克大叔边把篮子里的草一株株拿起来，边说。

“原来是这样，伊荠草是多余的啊。真是不可思议，它最能抑制奥乐稻的生长。”

爱伊莎接过大叔递给她的伊荠草。确实，这种草发出的“气味之声”最大，和奥乐稻很像。

“把它和其他草混合起来，是因为光靠它不行吗？”

“嗯。光靠伊荠草不行。把用伊荠草和其他草混合制作的肥料撒在地里，奥乐稻的生长速度变慢了，旁边种的其他谷物也发芽了。我别提多高兴了，心想‘这下能成了’！”

塔克大叔在手里掂了掂伊荠草。

“奥乐稻一抽穗，周围的谷物转眼之间就会枯萎。就算把奥乐稻拔掉，只要不把地里的土全部换掉，其他谷类也无法生长。”

塔克大叔叹了口气，望着奥乐稻说：“有时候，我觉得这家伙像个怪物。”

塔克大叔自言自语地说完，看着爱伊莎。

“听说你的祖父是拒绝种植奥乐稻的凯尔安王。”

爱伊莎全身一下僵住了。

塔克大叔微笑着说：“别担心。不知道你听说过没有，我是拉奥的表哥。我们俩从小关系就特别好，他会把很多机密告诉我。我过着这样的生活，就算知道了什么，也不会改变事情的发展方向。”

望着田野，塔克大叔说：“我是什么时候听说西坎塔鲁的藩王因为拒绝种植奥乐稻，被赶下王座的呢？总之，听说这事的时候，我很吃惊，心想这是个多么有先见之明的人啊。”

爱伊莎有些吃惊地看着塔克大叔。

这是她第一次听到有人这样评价祖父凯尔安。想到父母，想到自己的遭遇，想到因为祖父而死的人们，她觉得应该反驳大叔的话。可是，却抑制不住地感到心底有一股暖流静静地流过。

塔克大叔把目光投向爱伊莎。

“我听说西坎塔鲁的‘幽谷之民’很讨厌奥乐稻，说它是受到诅咒的稻谷。凯尔安王也是这么想的吗？”

风吹过，稻谷的味道一下变得浓郁起来。

“我不知道。祖父在我很小的时候就去世了，我不太记得他的事。只是……”

爱伊莎想起父亲的脸，继续说着。

“祖父把奥乐稻叫作‘给人带来喜悦与悲伤的稻谷’。”

塔克大叔的表情一变。

他说：“这个说法真贴切。”

不知何时变成红色的阳光温柔地照着大叔的脸。

“我刚才说它是个怪物，可它也是个宝物。只要一想到一旦它消失会发生什么，我就感到不寒而栗。奥乐稻果然是个怪物，让人类、土地变得只能依赖它……”

塔克大叔把伊荠草放回篮子里，接着说道：“真可怕。光靠一种谷物建立如此庞大的帝国，我们的祖先真不应该做这么可怕的事。可现在说这些也没用了。”

爱伊莎想起在帝都看到的庄严的宫殿——仿佛耸立在金色麦浪上的那座巨大的宫殿，霎时，感到一阵眩晕。当奥乐稻这块基石消失时，很多东西将随之瓦解。那样的后果让她感到一种超越恐惧的空虚。

奥乐稻消失，帝国瓦解——恐怕许多人做梦也没有想到这样的事情会真的发生吧。

可马修说，这样的时刻已经迫在眉睫。

“除了《旅行记》，父亲还随身携带了《香君异传》的手抄本。手抄本里记载着这样一段话——饥饿阴云，笼罩天空。大地万物枯萎，人无果腹之食。啊，香君啊！请您从风中读取万象，拯救众生吧……”

马修淡淡地说着。听到这段话，爱伊莎不禁起了鸡皮疙瘩，仿佛很久以前，在哪里听到过这样的话。

“帝国的创建者阿莱尔尝试在南部的阿玛雅湿地种植奥乐稻时，遭遇了虫害。一种叫奥约玛的害虫，对奥乐稻产生了极大的危害。”

“什么？奥乐稻遭遇虫害？”爱伊莎惊讶地问道。

马修点点头：“奥乐稻本来应该不会遭遇病虫害，相传唯一能对它造成危害的就是奥约玛。

“那个时候，人们慌忙放火，烧光了奥乐稻，阻止了事态蔓延。但是，看到奥乐稻上的奥约玛时，阿莱尔脸色大变，自言自语地说出了刚才那段话。”

用手摸了摸桌子，马修接着说：

“父亲认为看到奥乐稻上的奥约玛，让阿莱尔想起了发生在他家乡的悲剧。‘幽谷之民’之所以忌讳奥乐稻，称之为‘受诅咒的稻谷’，正是因为奥乐稻遭遇虫害，导致许多人饿死的惨剧发生。”

“在大崩溪谷吗？”

“是的。在大崩溪谷的一隅，有许多约玛类的昆虫。就是我们说的‘温暖谷’那里。

“那里是一大片洼地，附近有温泉。小时候，父亲带我去过一次。那里有一条古老的水渠，应该是用来把温泉水引到洼地里去的。我去的时候，水渠里已经没有水了。父亲带我去看了水渠的遗址，对我说‘从前你的祖先在这里种过庄稼’。他说从前那里比现在冷得多，因此他们可能尝试用温水种植庄稼。

“可是，现在那里是一个禁地，绝不允许种植庄稼。”

“为什么会变成禁地？”

“不知道。不过，当父亲知道那里不允许种植庄稼时，一定很激动吧。”

“……？”

“在第一代香君所制定的《香使诸项规定》中，有一条这样的规定‘因高温多雨等原因出现约玛虫害暴发的征兆时，应在肥料中添加猕夏草’。这应该是为了防止发生约玛虫害而定的。”

马修耐心地继续解释。

“在高温多雨的时候会出现很多约玛。约玛大量出现时，如果吃了因加入猕夏草而没有被抑制生长的奥乐稻，它们的身体可能会发生变化。——温暖的洼地，和高温多雨的种植区条件相似。”

当意识到马修想说些什么时，爱伊莎瞪大了眼睛。马修点了点头，似乎在说“是的”。

“昔日，第一代香君在那片洼地种植奥乐稻，遭遇奥约玛虫害，发生了饿死人的悲剧。”

“奥乐稻会使其他谷物枯萎，如果它因虫害而枯萎，人们就失去了唯一的粮食。”

“可是……”爱伊莎有些不解。

“蔬菜可以和奥乐稻一起种，不会枯萎，对吧？大崩溪谷也有猪啊、鹿啊这些动物。人们不会变得‘没有果腹之食’吧？”

奥莉耶点点头。

“我第一次听马修说的时候，也是这么想的。奥约玛并不会对蔬菜造成伤害。如果说只是因为奥约玛发生了‘大地万物枯萎’那样严重的事态，这说不通。”

马修也点点头。

“我第一次读父亲的手记时也是这样想的。当时，人们不需要交税，大崩溪谷还可以打猎，不应该因为奥乐稻遭遇奥约玛虫害就发生饥荒。

“可是，如果他们在大崩溪谷种植奥乐稻，已经过了一些年头，那么人口可能已经大量增加，到了只靠蔬菜和山里的猎物无法维生的地步。”

抚摩着《旅行记》，马修说。

“而且，当我仔细阅读父亲的手记时，开始注意到他写的不是‘因为奥约玛虫害的暴发’，而是‘因奥约玛虫害的暴发引发的’。

因奥约玛虫害的暴发，引发了别的事——使人哀叹‘人无果腹之食’的事。”

“别的事……”

马修点了点头。

“我不知道是什么事，我父亲应该也不知道。不过，他认为因奥约玛虫害的暴发，引发了某种严重的事态。”

“可是……”爱伊莎还是觉得不解。

“就算很久以前真的发生了灾难，可在那以后并没有再发生吧？您父亲为什么那么害怕呢？”

“那是因为，被认为是与奥约玛有关的《香使诸项规定》被修改了。”马修说。

“刚才我说过，第一代香君为了防止奥约玛虫害暴发而做的规定，已经被废除了。”

“欸？为什么？”

马修叹了口气。

“为了增加收成，提高效率。约玛无处不在。不管是帝国本土还是藩王国，平原地区还是山区，都有约玛。天气温暖，雨量增加，使得草木繁盛。有时，这会导致奥约玛虫害暴发，有时并不会出现这个问题。

“如果像第一代香君在世时那样，还是一个小国则另当别论。当版图扩大后，调查整个国家约玛的增加和减少要费很多功夫。而且，在肥料里添加猕夏草会减少奥乐稻的收成。不仅如此，购买剩余的猕夏草也要花一大笔钱。经过一年实验，发现即使废除这项规定也不会有问题后，就把它废除了。”

“……”

“在我们观察的种植区域，并没有暴发约玛虫害。我认为是因为条件不一样。‘约玛大量出现’和‘没有被抑制生长的奥乐稻’，当这两个条件叠加时，才会引发灾难。”

背后一股凉意升起，爱伊莎皱紧了眉头。

“……即便如此，现在也没有抑制奥乐稻的生长？”

马修点了点头。

“那有可能暴发奥约玛虫害。”

爱伊莎说完，奥莉耶开口说：“其实，已经发生了。”

· 10 ·
傍晚的风

“奥约玛已经出现了，在奥格达藩王国的拉帕地区。幸运的是，刚发现几个虫卵，就立马放火烧了，所以目前还没有造成损失。”

爱伊莎觉得松了一口气。

“太好了！”

奥莉耶慢慢摇了摇头。

“只能说目前还没出现问题，能够维持稳定到什么时候，我也不知道。”

“你想想……”奥莉耶说。

“在拉帕出现，也就意味着可能在其他地方出现。满足条件，可能暴发约玛虫害的可不止拉帕一个地方。”

“欸？约玛虫害在拉帕以外的地方也暴发过吗？”

奥莉耶叹了口气。

“不知道。”

“……欸？没有调查过吗？”

“调查过一部分种植区域，但没有调查所有的种植区域。”

马修开口说。

“说实话，依靠现在香使的数量，很难详细把握全国种植区域的情况。

拉奥大师制定了让各地农村上报约玛数量变化情况的制度，原来要求他们必须向香使汇报。那时候暂且不论，随着这个制度的废除，农夫那么繁忙，恐怕多数不会细致上报约玛数量的变化情况。”

马修望向窗外广阔的天空。

“奥约玛虫害暴发就像山体滑坡一样。不是说一直下雨，一定会滑坡。可当某些条件叠加起来时，或许突然就会发生滑坡。

“正如奥莉耶所说，在拉帕发生的事，任何时候在具备同样条件的地方发生也不奇怪。

“……把奥约玛的画像发给农民，提醒他们注意呢？”

爱伊莎说完，马修苦笑了一下，说：“因为政治方面的原因，我们不能这么做。最多能在约玛虫害大暴发时告诉他们。”

“让人着急的是，我们能采取的措施很有限。

“在我们还没有采取有效措施前，奥约玛被忽视，没有被及时烧毁，以致它们向四周扩散——如果这样的事在帝国各地同时发生的话，将引发一场巨大的灾难。”

从窗户射进来的月光，淡淡地照在马修脸上。

“现在帝国的状况，和过去的大崩溪谷完全不同。不仅是帝国本土，包括藩王国在内，有无数人依赖奥乐稻生活。

“如果在奥约玛虫害暴发后帝国才开始想办法解决，即使举全国之力来应对，最少也要花几年时间才能看到成效。

“如果放火焚烧奥约玛出现的地方，并在其他地方的肥料里添加猕夏草，或许能阻止奥约玛虫害大暴发。但是，因为政治上的原因，我们很难这么做，而且如果这么做的话全国的水稻将大幅减产。

“畜牧业、渔业、旱田耕种、贸易、调动储备的家畜，就算想尽一切办法，在奥乐稻大量减产的情况下，也很难获得足够的粮食，供包括藩王国在内的所有民众食用一年。

“有些国家会把帝国的危机视为他们发动进攻的好机会。在目前的情况下，如果奥约玛虫害在全国各地暴发，将引发一场巨大的灾难。等待我们的将是无数人饿死，战火纷飞的未来。”

爱伊莎受到极大震撼，凝视着马修。她想起小时候忍饥挨饿，在暴风雪中踉跄前行的过往，浑身起鸡皮疙瘩。

奥莉耶开口说：“当然，奥约玛造成的危害也可能仅限于局部地区。但是，正如马修父亲所担心的那样，可能会因此引发别的灾难。

“我们因为担心那天到来，一直在暗中商讨对策。在这个山庄所做的事也是为了这个目的。塔克大叔他们一直在尝试能不能种出其他粮食，以便在奥乐稻没有收成时，让人们有粮食吃。”

爱伊莎想起塔克大叔和双胞胎就算在田里干活干到很晚，回来也还在写些什么，原来是因为这个。

“奥乐稻来自异乡，以我们的常识无法理解。”

马修静静地说。

“你也知道，奥乐稻有使其他谷物枯萎的力量。

“奥乐稻会改变土质，而且是大范围内改变土质。一旦种过奥乐稻，就算把它连根拔起，只要不把土壤全都换了，其他的谷物就不会发芽。”

“……”

“能够抑制奥乐稻这种可怕的力量的是专供奥乐稻用的肥料。

“一般来说，施肥是为了改变土质，让蔬菜、谷物等茁壮成长。但是，给奥乐稻施肥却是为了改变奥乐稻的性质。”

“改变性质……”

“是的。如果不给奥乐稻施加专用的肥料，它就会快速繁殖。它的繁殖能力惊人，转眼间就会长得到处都是。而且，这种奥乐稻脱壳后的米有剧毒。

“给奥乐稻施加肥料，可以抑制它的生长，使它不变成那样。”

爱伊莎听马修说完，便把心里想的事说出了口。

“既然肥料有抑制奥乐稻生长的能力，那么通过多加一点什么，或是少放一点什么，是不是也能抑制奥乐稻对其他作物产生的影响？”

奥莉耶点了点头。

“是的，我们也这么认为，所以从开始研究肥料着手。现在用的肥料有些奇怪。”

“奇怪？”

“嗯，虽然根据传说供奥乐稻用的肥料是第一代香君研究出来的，但现在用的肥料和从前用的似乎并不一样。”

说完，奥莉耶将视线转向马修。马修开口说：“读父亲的手记时，有一个地方让我感到很惊讶。手记里说在一本记录帝国建国初期庶民生活的书籍《庶民记》里，有一些描述让人觉得第一代香君在世时，人们不仅种植奥乐稻，也种植小麦、荞麦这些作物。”

“啊！”

“我连忙拜托拉奥大师，让我进皇宫图书寮的库房去找《庶民记》。找了一天，终于找到了这本被塞在书架最下层的书。那是一本下级官员写的日记，估计也只有我父亲会特地去翻阅。书没有被妥善保管，已经被虫子吃得破破烂烂，读起来很费劲。确实有几句话的描述让人感觉老百姓正在吃小麦和荞麦。”

“……也就是说，那个时候，虽然种植奥乐稻，但也能种植其他谷物。”

“是的。”

“那么，为什么……”

“是啊，为什么现在种不了？”

马修叹了口气，说：

“我父亲在手记中推测这可能和领土扩张有关，我也这么觉得。第一代香君离世后，帝国的领土不断扩大。因此，必须提高奥乐稻的产量。需要更加高效地种植更多奥乐稻。

“阅读《庶民记》，会发现其中有一些记述表明过去奥乐稻一年只能收割一次，产量也比现在低得多。”

“……第一代香君，”奥莉耶说，“一定想了很多办法控制奥乐稻，让它适应这片土地，不破坏原有的植被。确保它的产量能填饱这个小国人民的肚子，同时又不会使其他谷物枯萎。”

“但是，在她死后，这个国家的执政者做出了重大调整，朝着‘减少控制，增加产量’的方向发展。刚才说的修改《香使诸项规定》、改变肥料的用法，都是为了增加产量、提高效率。

“结果，导致其他谷物无法生长。更准确地说，这正是他们的目的。因为设法让人们只能依赖奥乐稻生活，有利于巩固他们的统治。”

爱伊莎不知该说些什么，只是看着两人。

“爱伊莎，”马修说，“我们在寻找控制奥乐稻的方法，像第一代香君所做的那样，让奥乐稻与其他谷物共存共生。”

“……”

“当然，第一代香君在世时，帝国的规模与现在不可同日而语。不能大规模降低奥乐稻的产量，所以不能单纯通过增加肥料用量来抑制奥乐稻的生长。所以，如果第一代香君只是通过肥料的用量来控制奥乐稻，我们就不能效仿。

“但是，也不能像现在这样完全依赖奥乐稻。

“所以，我们先从研究肥料着手。我们想，如果详细调查各种原料的作用和各种组合的效果，是不是就能找到不影响其他谷物，使它们与奥乐稻共存的方法。

“这个思路在某种程度上是对的。在塔克大叔等人的努力下，一直以来发不了芽的荞麦已经能够发芽了。”

爱伊莎仿佛突然看见了光明，脱口而出：“太厉害了！”

马修的表情变得柔和起来，但随即又摇摇头。

“虽然说发芽了，可还是会在成熟前枯萎。我们已经被一堵坚固的高墙挡住了很久，原地踏步，无法前进。奥约玛已经出现，留给我们的时间可能不多了。”

爱伊莎皱起了眉头。

“皇帝陛下没有做些什么吗？”

从小，父亲就对爱伊莎说，君主的使命就是拯救百姓。明知可能会发生一场灾难，皇帝却什么也不做，这让爱伊莎感到不可思议。

马修和奥莉耶看了彼此一眼。

“目前这个阶段，他什么也不会做。”马修说。

“就连奥约玛已经出现的消息，也不足以对错综复杂的政治形势产生影响。”

马修脸上露出苦涩的笑容。

“如果灾难已经迫在眉睫，或许能触动皇帝陛下。可是，现在光凭《香君异传》和我父亲的手记，能够让拉奥大师相信我们并有所行动，已经让我觉得很不可思议了。”

奥莉耶伸出手，轻轻碰了碰马修的手。

随后，她把视线转到爱伊莎身上。

“爱伊莎，只有一小部分人认为危机即将来临。身为这一小部分人中的一分子，我们要做的事将动摇帝国的根基。帝国是在人们渴求‘奇迹之稻’的共同追求下建立起来的。对奥乐稻的渴望，是一种希望，也是一种欲望，同时也是使人们愿意接受帝国统治的锁链。”

轻轻叹了口气，奥莉耶接着说：“如果我们成功控制住奥乐稻，种植出其他谷物，那么束缚人们的‘锁链’就会失去作用。我们正在做的事情一旦成功，很可能会粉碎这个帝国的支柱。——不要说皇帝陛下，你觉得执政者们能允许这样的事发生吗？”

“对‘奇迹之稻’的渴望？”

爱伊莎想起那些在香君宫庭院里专心祈祷的人。

那一瞬间，爱伊莎突然想到了什么，一脸愕然，心想：“如果这种渴望消失，那奥莉耶大人……”

“如果能成功控制奥乐稻，让人们不用再依赖它生存，那奥莉耶——香君大人会怎么样呢？”

奥莉耶脸上现出哀伤的笑容。

她沉默了一会儿，似乎在想该怎么回答这个问题，然后平静地说：

“我虽然是个摆设，不是真正的香君，可是我一直肩负着守护百姓生活的重任。如果有一条能拯救人们免受饥饿之苦的道路，我会选那条路。”

傍晚的风从塔克大叔辛勤耕种的田地上吹过。

冷风中夹杂着各种各样的气味。只有自己能闻到这些气味吗？还是其他人也能闻到呢？

“我到底是什么人？

“像马修和奥莉耶想的那样，是‘真正的香君’吗？

“不……”

以香知万象，拯救众生——她不认为自己能做到这一点。当然，她不是活神，这一点她最清楚。

忽然，她想起奥莉耶哀伤的笑容。

“我虽然是个摆设，不是真正的香君，可是我一直肩负着守护百姓生活的重任。”

说这话的时候，奥莉耶很美，美得炫目。

“香君没有真假之分！”

如果像马修说的，连第一代香君都不是神的话，那么拯救众生的香君的形象一定是由人们的祈祷编织出来的。

第一代香君是怎么活下去的呢？

当她知道自己带到这个世界上的奥乐稻，最终可能使人们挨饿时，她想到了什么？做了什么呢？

塔克大叔把装着伊荠草的篮子放在一旁，跪在地里，仔细地观察奥乐稻的幼苗。橘红色的夕阳，温柔地照在他身上。

“如果第一代香君不是神”，那她一定一生都在烦恼，都在思考这个问题吧。

一边肩负着拯救众生的重任，一边利用她对奥乐稻的了解和无比敏锐的嗅觉，来拯救人们。

“然后，她制作了肥料。——为了让其他的谷物与奥乐稻共存。”

“最好不要用伊荠草。”想起听到她这么说时塔克大叔惊讶的表情，以及随后出现在他脸上的笑容，爱伊莎感到一股热流在心中涌动。

“……也许我也能做点什么。”

晚风中飘荡着浓郁的奥乐稻的香气。

天地之间无处不在的“气味之声”。

就算不能洞悉万象，凭借听到这些声音，也许能开辟一条道路。

“我背负着沉重的罪孽……”

父亲的声音在耳边回荡。

没能说服祖父的父亲。因饥饿而患病，早早离世的母亲。因为祖父的选择而消失的许多生命。以及，在这一切发生后出生的自己。

“即使不是活神，也有能做的事！”

“大叔。”

爱伊莎蹲在塔克大叔身边。大叔惊讶地抬头看着她。

“让我跟您一起干活吧。”

塔克大叔目不转睛地盯着爱伊莎。

“帮我干这个活吗？”

塔克大叔一字一顿地说：“马修告诉过你有多危险吧？”

“是的。”

“你知道啊。”

塔克大叔仰头望着天空，然后又嘟囔了一句“你知道啊”。

· 11 ·

香君的“世界”

雨，从半夜下到黎明时分，浸湿了地面。走在山路上，登山鞋的鞋底不时打滑。

奥莉耶慢慢走着，以免摔倒。

“要是在这里摔倒受了伤，又会给大家添麻烦。”她在心里想。

想象着自己摔倒在地，浑身是泥的样子，奥莉耶突然笑了起来。

走出树林，站在明亮的阳光下，奥莉耶停下脚步，环顾四周的田地。

她看见爱伊莎正蹲在田地的一角做着什么，却不见塔克大叔和他两个儿子的身影。

她正想开口跟爱伊莎打招呼时，爱伊莎转过头来。

“奥莉耶大人！”

笑容出现在爱伊莎脸上。一看到她的笑容，奥莉耶的心情就变得像阳光一样明媚。她举起双手，挥了挥。

“缘分”真是不可思议。虽然认识的时间并不长，可只要和爱伊莎在一起，奥莉耶的心情就会变得平和、开朗起来。

“塔克大叔呢？”

奥莉耶边走近爱伊莎边问。

“他说今天先到南边的地里转一圈再来。我去把他叫过来吧？”

“啊，不用，不用了，也没什么急事。”

闻着田地散发出的泥土味，奥莉耶眯起眼睛。

“今天天气真好。”

爱伊莎也露出了微笑。

“是啊。”

爱伊莎开始帮塔克大叔干活不过一个月，已经被太阳晒得黝黑，鼻头开始脱皮。

“你别把帽子挂在背上，得好好戴着。脱皮这么厉害，鼻头很疼吧？”

“疼！可这帽子动不动就被风吹掉，太麻烦了。”爱伊莎苦笑着说。

说着，爱伊莎把视线转向了南边。她举起手，叫道：“塔克大叔！”

奥莉耶看向爱伊莎视线所在的方向，看见了正从南边斜坡爬上来的塔克的大叔身影。

塔克大叔看见奥莉耶，加快了脚步。

“……怎么了，有什么事吗？”

奥莉耶摇了摇头。

“没什么要紧事。只是，我马上要回香君宫了。走之前，想来看看爱伊莎怎么帮您干活的。”

“哦。”

塔克大叔微笑着看了看爱伊莎。不知想到什么，脸上的笑容很快又消失了。

“我打扰你们了吗？”

听到奥莉耶这么问，塔克大叔一脸惊讶，摆了摆手。

“打扰？没有，没有。”

接着，她问爱伊莎：“怎么样，感觉到什么变化了吗？”

爱伊莎看了过来。奥莉耶说：“我知道你们在干什么，不用详细解释。”

她很清楚塔克大叔等人在用奥乐稻专用的肥料进行的尝试。

塔克大叔等人首先准备了五块具备相同条件的田地。这已经是一项非常艰巨的工作。

虽然每块地都不大，可不仅是土壤的条件，光照、风向、冬季积雪情况、水利条件等都要保持一致，同时这几块地之间还要有一定的距离。所以，找到合适的地点这事就费了一番功夫。

帮忙干这活的是当时才十几岁的马修。

马修和塔克大叔的两个儿子在塔克大叔指导下，先准备了五块满足上述条件的地，后来又准备了另外五块满足其他条件的地。

马修离开后，塔克大叔一家人继续劳作，不久正式开始尝试种植谷物。

供奥乐稻用的肥料具有抑制奥乐稻生长的作用。

既然如此，如果能充分利用肥料，减少奥乐稻的影响，或许能种出其他谷物。所以，他们改变肥料的配比，一边种植奥乐稻，一边试着在它旁边种植其他谷物。

然而，这个过程所要花费的时间远远超出他们的预期。

这几年来，他们调整肥料的用量，把肥料中的各种原材料分开，再重新组合后用于奥乐稻，同时在这些田地附近种植其他谷物。

终于，取得了一点成效。——去年，荞麦发芽了。可是，虽然发芽了，却没有结实。

荞麦在贫瘠的土地上也能生长，且生长期短，是用于预防饥荒的绝佳作物。奥乐稻在同样的土地上也能茁壮成长，所以不管是在帝国国内还是在各个藩王国，都把过去种植荞麦的田地用来种植奥乐稻了。

其他谷物在奥乐稻的影响下能够顺利成长起来吗？奥莉耶知道，就连多年来一心一意做着这件事的塔克大叔，也很担心。

“大叔，关于这块地里的西蓟猕的量……”爱伊莎所指的地方，长着奥乐稻。稻秆比普通的奥乐稻要细得多。

“嗯，不够吗？再加一点儿？”

“不，”爱伊莎摇摇头，“我觉得减少一点儿会更好。”

塔克大叔皱起眉头。

“减少？这么做起不到抑制生长的作用。”

“很难解释，就是我感觉得控制奥乐稻的生长，但也不能过度压制它。”

因为不能很好地表达自己的想法，爱伊莎有些着急。

“爱伊莎，之所以很难解释，是因为有些气味我们闻不到吗？”

奥莉耶突然插嘴说。

爱伊莎有些困惑地说：“嗯……我不知道是不是有你们闻不到的气味，所以没法回答。”

“气味没有颜色、形状，只能用‘和这个气味很像’之类的说法来描述。可是，就算这么说，我也不知道和你们闻到的是不是同一种气味。”

“嗯，你说的没错。”奥莉耶点点头说。

“我觉得西蓟猕的量太多，是因为气味发生了变化。”

“气味变了？就像果实逐渐成熟，气味会发生变化那样吗？”

“嗯，差不多吧……”

看着一脸为难，陷入沉思的爱伊莎，奥莉耶突然产生了一股强烈的冲动，想知道爱伊莎闻到那些气味时是什么样的感受。

“爱伊莎。”

“嗯？”

“也许你很难用语言表达，但是你能试着用语言表达一下吗？现在，站在这片田地里，闻到各种各样的味道，你感受到了什么？”

爱伊莎眼睛亮了起来。

“啊，这样没准更好，虽然可能很难理解。”

奥莉耶笑了笑。

“没关系。你说说看。”

爱伊莎点点头，闭上眼睛。

然后，她吸了一口气，慢慢说了起来。

“现在，我听得最清楚的是荞麦旁边的草发出的‘气味之声’。过了盛夏，天气稍微凉快了些，所以蚜虫越来越多。被蚜虫吃的草一直在叫‘好疼啊’‘好疼啊’，声音吵得人耳朵疼。

“听到草的叫声，吃蚜虫的瓢虫就飞过来了，开始吃蚜虫。附近有蚂蚁，所以没准能看到蚂蚁在驱赶瓢虫。”

奥莉耶的视线落在荞麦旁边的草上。

“瓢虫……”

确实有瓢虫。一边往茎上爬一边吃蚜虫。

“听到这个草发出的‘气味之声’，荞麦的气味也发生了变化。这种气味不是在呼唤蚜虫，而是在对蚜虫说：‘你不要过来，我不好吃！’但是……”

爱伊莎闭着眼睛，指了指奥乐稻。

“比起蚜虫，荞麦似乎更在意奥乐稻的气味。因为随着奥乐稻的气味变弱，荞麦的气味也发生了变化。”

爱伊莎闭着眼睛，指着荞麦。

“我现在能闻到荞麦根的味道，一种非常复杂的味道。

“就好像它上面有许多很小很小的东西。我想肯定有什么东西和荞麦一起生活，就在它的根附近。

“这种气味浓郁的时候，荞麦很有活力，或许是它支撑着荞麦的生长。

“大崩溪谷也种荞麦，‘幽谷之民’的大婶带我去看过。那里的荞麦根的气味更清楚。”

奥莉耶和塔克大叔目瞪口呆地看着爱伊莎，听着她的讲述。

“但是，一旦在奥乐稻旁边，这种味道就变淡了。这样，荞麦就会变得虚弱。”

塔克大叔眯起眼睛。

“原来如此。荞麦长得不好，是因为这个原因啊。”

爱伊莎睁开了眼睛。

“……嗯，是的，但我觉得不仅仅是因为这个原因。”

爱伊莎的表情有些困惑。

“大叔，南边那块地里种的荞麦，还没长到这么大就枯萎了，对吧？”

“嗯，因为那边用的肥料和这边的不一样，不能控制奥乐稻生长，所以荞麦发芽以后很快就枯死了。”

爱伊莎点点头说：“是啊。”

“我闻了那边的荞麦以后，再闻这边的荞麦，就发现它们的根的气味不一样。

“这边的荞麦，它们的根的气味虽然不如大崩溪谷那些茁壮成长的荞麦的味道浓郁，但比那些早早枯死的荞麦的气味浓。”

爱伊莎蹲下来，轻轻摸着荞麦说：

“跟南边那块地比，这块地里的奥乐稻受到的控制更多，支撑荞麦生长的东西并没有完全消失。可能因为这样，这边的荞麦没有枯萎，活了下来。不过，这边的荞麦也越来越虚弱了。”

爱伊莎摸了摸地里的土。

“我一直在想这是为什么。如果只是根的问题，那奥乐稻变弱，按理说荞麦应该长得更好，可它反而变得更虚弱了，这不是很奇怪吗？”

“……”

“然后，今天早上，我突然想到难不成是因为土壤？”

“土壤？”

“嗯。土壤里有很多肉眼看不见的小东西。所以，我想没准是受了土里的什么东西的影响。”

“……”

“所以，来这里之前，我去南边那块地闻了闻土壤的气味。果然发现和这边的土壤味道不一样。”

爱伊莎站起来，看着塔克大叔。

“大叔，奥乐稻会改变土质，对吧？”

“是的。”

“我不知道它改变了什么，又是怎么改变的。可能是奥乐稻抑制或弱化了土壤里的东西——那些妨碍它生长的东西。”

爱伊莎把视线转向田里，说：

“如果土壤里对奥乐稻有害的东西，对荞麦也有害呢？如果说奥乐稻和荞麦只有在这一点上的利益是一致的呢？”

爱伊莎说得很慢，似乎在整理自己的思路。

“奥乐稻虽然会阻碍荞麦生长，但另一方面，它也能抑制土壤里对荞麦有害的物质。所以，奥乐稻变弱，无法抑制这些有害物质，导致荞麦也变弱了。会不会是这样呢？”

塔克大叔突然睁大了眼睛。

爱伊莎看着土壤说：

“有些事，当你身体健康时不觉得有什么，可当你身体虚弱时就会觉得很难受，对吧？

“大崩溪谷的荞麦田里土壤的气味，和这里的很像。也就是说，大崩溪谷的荞麦田里也有很多有害物质，可那里的荞麦并没有被打败，反而长得很好。

“‘幽谷之民’的大婶说过荞麦很顽强。如果不是被奥乐稻影响了，这里的荞麦也不会被土壤里的有害物质打败的。

“可是，这里的荞麦现在很虚弱，生活在这样的土壤里对它们来说很痛苦。”

塔克大叔脸颊泛红。

“你说的太对了！”

塔克大叔兴奋地说，像发现了新大陆一样。

“你的意思是既要控制奥乐稻，又不能过分抑制它，对吧？要想让荞麦和奥乐稻共生，就不能只是单纯地抑制奥乐稻。”

爱伊莎点了点头。

“但是，对奥乐稻加以控制也很重要，因为它释放出的某些物质，不仅削弱了荞麦的根系，也削弱了整个植株。不过，如果我们能弄清土壤、根系这些到底是怎么回事，说不定能带来大的改变。”

爱伊莎眼里闪着光。

“大叔，我想再好好闻一闻不和奥乐稻种在一起的荞麦是什么气味。比较一下健康荞麦生长的田地和这块田地的气味有什么不同。”

塔克大叔笑着对爱伊莎说：“没问题！虽然不能马上让你闻到，但我会想办法安排。还有，那个。总之，我先改变西蓟猕的用量试一试，一点点减少它的用量，到时你再闻闻看。”

爱伊莎满脸笑容。

“好！”

一阵风吹过，吹动爱伊莎的发丝。风里带着初秋田野的气息。

“爱伊莎从这风里闻到了无数种和我闻到的完全不同的气味吧。”奥莉耶心想。

不仅如此，爱伊莎明白这无数气味所代表的含义。

被昆虫啃食的草木发出香味，吸引昆虫的天敌。

草木的香味吸引着昆虫，土壤随着草木的变化而变化。就在此时此刻，在这个世界上，无数物质也发生着这样令人眼花缭乱的复杂变化吧。

晴朗的天空，缓缓流动的云。看着看着，奥莉耶叹了口气。

“那就是香君的‘世界’。”

奥莉耶感到有什么冰冷的东西无声地笼罩了自己。

通过气味了解万物——那到底是一种什么样的感觉，这一刻奥莉耶好像有一点儿明白了。

突然，奥莉耶对上了塔克大叔的视线。

看到塔克大叔的表情，奥莉耶突然明白了为什么当她说要来看看爱伊莎是怎么干活的的时候，塔克大叔的脸色突然变了。

爱伊莎也看着自己。她的眼神认真而悲伤。

奥莉耶苦笑着说：

“我没事。”

她伸手拂去爱伊莎额头上的碎发，把此刻浮现在心头的话说了出来。

“我知道我有我的职责，也有我的价值。”

她一边抚摸着爱伊莎温暖的脸颊，一边说：“好像做梦一样啊！此时此刻，你竟然在这里……”

然后，奥莉耶说不出话来，只有滚烫的泪水沿着她的脸颊滑落。

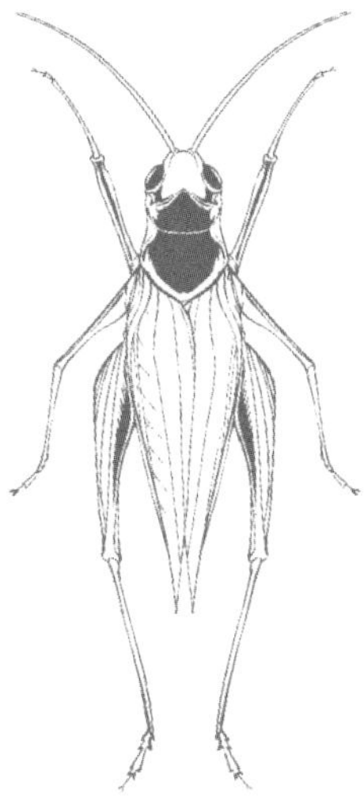

第四章

奥格达的秘密

·1·

奥约玛

打开马车窗子，暖风拂面而过，尤吉尔愕然地望着眼前大片大片烧焦的田地。

奥格达藩王国的首府拉帕，气候温暖，是个富饶的“谷仓”，一年能收割三次奥乐稻。如果是往年，这个时候奥乐稻即将抽穗。可现在别说稻子，连草都没有。——为了驱赶害虫，它们被一把火烧得干干净净。

坐在尤吉尔对面的拉帕郡司说：“多么惨不忍睹的景象。距奥约玛出现已经三年了，受灾越来越严重。前年只有拉帕南部的部分地区受影响，去年这附近也颗粒无收。

“人们祈祷着奥约玛‘今年千万别再出现’，耕地、播种，好不容易等到抽穗的时候，看着被奥约玛密密麻麻覆盖的奥乐稻，只好哭着放火烧掉……这样的日子反反复复。

“请您一定要把这里的惨状告诉您的父亲——富国大臣伊尔·卡修加大人。

“看到眼前这片绵延不绝的荒原，您应该能感受到拉帕人民真的处于水深火热之中。拜托您……”

尤吉尔努力抑制内心的波动，平静地看着郡司。

“应该告诉你们把河滩的草也烧了吧？严格执行了吗？”

求情的话被打断，郡司似乎有些扫兴，但他马上点了点头。

“是的。按照香使大人的指示，已经彻底烧了。

“河滩上的草可以做饲料喂养耕牛等家畜，还可以用来修屋顶，所以让百姓接受这个命令费了一番功夫，不过最后还是让他们彻底烧了。对农民来说，这些命令相当于烧掉了他们赖以生存的粮食，我也很同情他们……”

尽管郡司一副好不容易才让百姓同意的表情，但尤吉尔知道他对不服从命令的村民进行了严厉的惩罚。

尤吉尔看着郡司说：“前年和去年拉帕南部的四个村庄有人饿死了，今年恐怕整个拉帕地区都会出现饿死的人吧。况且，村民们四处逃散，已经出现了荒废的村庄。

“奥格达有许多小岛。在海边不能种植奥乐稻，所以拉帕是整个藩王国的谷仓，也是生命线。欺骗帝国可要付出巨大的代价。”

郡司的脸一僵。

“那是……”郡司拼命眨着眼睛说，“天大的误会！正如我向您汇报的那样，拉帕郡司绝没有欺骗帝国！是那些用花言巧语把肥料推销给愚民们的奸商干的好事！

“没能看穿他们的恶行，的确是包括前任郡司在内的官员们的失职。正如您所知，前任郡司一族已经被流放了。”

尤吉尔冷冷一笑。

“你是想说已经赎完罪了？”

尤吉尔把脸凑近僵着脸的郡司，低声说：“你也太小看我了，是因为我年轻吗？”

郡司的嘴唇颤抖着。

“不，绝非如此……”

“我不仅知道你说的那些奸商的名字，还知道他们的来历。他们属于哪个组织，与组织相关的人的来历，这些我都知道。”

郡司瞪大了眼睛。

“不仅是拉帕郡，在整个奥格达藩王国谋划了什么，这些事的影响扩大到哪个范围了，这些我们都知道。之所以睁一只眼闭一只眼，只是流放了前任郡司一族，处死那些动手的人，你知道其中的缘由吧？”

郡司没有回答。尤吉尔慢慢往后靠去。

“既然你知道为什么，就应该知道，别以为我年轻，企图用‘动之以情’那一套是没用的。”

尤吉尔看向窗外。

“确实是悲惨的景象。可这一切都是你们自作自受。况且后果远不止如此。”

“……”

“奥约玛有翅膀。如果它翻山越岭，到达其他都城，甚至邻近的东坎塔鲁，那就不仅仅是拉帕的灾难了。——一场暴风雨即将来袭，拉帕将受到所有人的谴责。”

尤吉尔侧目看着脸色苍白的郡司，喃喃自语地说。

“你们违背了神的旨意。”

门外传来说话声。

“尤吉尔大人，是我，高级香使奥拉姆。”

尤吉尔放下筷子，说了声“进来”。

门被打开，一个壮汉走了进来，走到饭桌旁，跪地行礼。

“奥拉姆，你辛苦了。累了吧。坐那儿。”

尤吉尔一边笑着慰劳奥拉姆，一边示意他坐到自己对面。

“晚饭吃了吗？”

“还没吃。”

“是吗？那就在这儿吃吧。”

尤吉尔让守在门边的随从把奥拉姆的晚饭端来。

“谢谢。”

奥拉姆鞠了一躬，在尤吉尔对面的椅子上坐下来。眼前的餐桌上摆满了美味佳肴，有新鲜的鱼肉、贝类等，很适合下酒。奥拉姆说：“……这么多美味佳肴啊！”

尤吉尔苦笑道。

“光看这个你就知道新上任的拉帕郡司是个什么样的人了吧？”

奥拉姆点点头。

“典型的地方官僚。”

“自以为接待上边来的人就该如此，不做多想。无能之辈！

“完全不知道富国省的视察官来巡察时，自己该做些什么。”

尤吉尔用筷子夹起还湿漉漉、发着光的贝壳。

“离这里最近的港口城市，是亚卡吧。要把贝类活着从亚卡运到这里来，要费很多功夫，花很多钱吧。百姓因为饥荒饿死了，作为一郡之司的他根本不明白要把钱花在什么地方。”

奥拉姆撇了撇嘴。

“他恐怕认为钱就应该花在这上面吧。他以为能讨到您的欢心，就能逃脱惩罚吧。也难怪他这么想。”

尤吉尔皱起眉头。

“如果他是这么想的，那就是我们的过错。如果他认为我们和奥格达的特权阶层那群平庸之辈一样，那说明我们的想法没有被正确传达给他。”

奥拉姆为难地眨了眨眼。

“话虽如此……”

看到奥拉姆的表情，尤吉尔挑了挑眉，笑着说：

“你觉得我的想法太幼稚了？”

“并非如此。不过，说实话，我们确实顾不过来。”

尤吉尔叹了口气。

“是啊。但是，在我看来，那些看似推后再办也可以的琐事堆积起来，日积月累，便会阻碍事物的顺利发展。”

这时，送饭的随从在屋外询问能否进屋，尤吉尔说了声“进来”。

比起尤吉尔餐桌上的菜，托盘上的菜品种少了一些，但也都是些值钱的菜。尤吉尔和奥拉姆相视苦笑。

“……照顾这位新郡司看来要费不少功夫，我们都多留心吧。”

等尤吉尔动筷子吃饭，奥拉姆才拿起筷子。

“你刚从山里回来吧。情况怎么样？”

笑容从奥拉姆脸上褪去。

“太惨了。详细情况稍后我会呈上文书向您说明。您也知道，就连山区，所有可以耕种的土地也都被用来种植奥乐稻了，损失惨重。”

“已经开始焚烧奥乐稻了吧？”

“是的。前年还没有发现奥约玛，所以一直在观察。去年，山区也发现了奥约玛。为了慎重起见，把还没有发现奥约玛的田地也都烧了。”

“山区的五个村子都是这种情况吗？”

“不，最南边的两个村我没去。那两个村与周围隔绝，就算出现奥约玛，也需要一段时间才会扩散，所以拉奥大师嘱咐我们不要草率地放火烧田，先观察一段时间。”

尤吉尔脸色一沉。

“拉奥大师的判断或许没错，但是这样观察安全吗？我觉得全都烧掉才是上策，以免后患。”

“拉奥大师也说这是一个艰难的决定。只是，如果把那两个村的田地也都烧了，今年饿死的人可能不止去年的两倍。”

“这点我也知道……就算会减少税收收入，也应该全都烧掉为好吧。”

奥拉姆点点头。

“我也这么认为。不过米吉玛大人一直在密切关注，不会有什么闪失。”

尤吉尔表情缓和。

“米吉玛姑姑啊……那应该不会有问题。”

说着，尤吉尔露出若有所思的眼神。

“我也想积累担任香使的经验。”

奥拉姆微微一笑。

“您的立场不同，所以……”

“是吗？米吉玛姑姑不也是旧卡修加家族家主拉奥大师的女儿吗？虽然说她嫁到了奥尔卡修加家，可拉奥大师只有米吉玛姑姑和大女儿玛吉雅姑姑两个孩子。如果玛吉雅姑姑出了什么事，不就是米吉玛姑姑继承家主之位了吗？”

“嗯，的确如此，但是……”

奥拉姆为难地摇了摇头，微微压低声音说：

“香使的工作很危险。米吉玛大人只是有可能成为旧卡修加家族的家主，可您是唯一的继承人，将来必然要继承富国大臣之位，情况的确不同。”

尤吉尔凝视着被太阳晒得黝黑的奥拉姆的脸，过了一会儿，低声说：“今天视察村子的时候……”

“嗯。”

“我看到了饿死的人。”

奥拉姆的表情阴沉下来。

“郡司故意让您看见的。”

“十有八九是。想让我亲眼看到惨状，博取我的同情。”

尤吉尔摇了摇头。

“真的太惨了。看到那些还在吃奶的孩子、年幼的孩子的尸体，我很难过。”

尤吉尔抿紧嘴唇，视线虽然落在餐桌上，却好像什么也没看。

“太悲惨了。”

奥拉姆低声说。

“我虽然长年担任香使，前年却是第一次看到饿死的人。之后一段时间，那个场景在我脑海里挥之不去，就像梦魇一样。”

奥拉姆吸了一口气，接着说。

“因此我也重新体会到了自己的责任和义务。——藩王国的人民也是帝国的人民。我再一次意识到，每一个人的生命都与奥乐稻的存亡息息相关。”

尤吉尔用力点了点头。

“确实如此。今天，我也有和你一样的想法。亲眼看见，和通过文书知道根本不是一回事。在此之前，我是通过文书知道有多少人饿死的，但我从来没有想过每一个数字后面那张脸是什么样的。”

说着，尤吉尔眼前浮现出父亲的脸，耳畔回响起父亲的话。

“治理国家的人，要用数量衡量人民，不要去想每个人的脸。

“聚焦在每张脸上，整体就会变得模糊。看不清整体时，帝国就会倾斜。

“你容易被感情左右，一定要牢牢记住！”

或许正是出于这个原因，父亲不允许他成为香使。

看到每个人的脸，了解每个人的生活，就会对每个人产生感情。明知他们会饿死，却必须命令他们烧田，这很痛苦。这种痛苦有时会让人做出错误的判断。

“父亲大人很关注我在此次视察期间的想法吧。”尤吉尔在心里想。

如果不表现出自己是一个即使面对悲惨现实，也能顾全大局的人，就算他是唯一的嫡子，也会被父亲毫不留情地舍弃掉。

突然，他想起上一任皇帝逝世，皇太子奥德森登基时紧张僵硬的表情。

加冕仪式期间，奥德森不时朝尤吉尔这边瞥上一眼。当然，他并不是在看尤吉尔，而是在窥视他父亲伊尔·卡修加的表情。

不久前，人们还以为皇太子奥德森和皇帝的弟弟拉格朗势均力敌，但不知不觉间，站在拉格朗那边的人越来越少，奥德森的地位已经稳如磐石。

奥德森借助伊尔的力量，登上了皇帝宝座。他很清楚，如果惹伊尔不高兴，身为皇帝的自己恐怕也无法安生。

“就连皇帝陛下也……”尤吉尔觉得很讽刺。他心想：“从今往后，我也要看父亲的脸色活下去吧。”

尤吉尔叹了口气，抬起头。

“好久没见米吉玛姑姑了，她还好吗？”

奥拉姆点了点头。

“是的，她身体很好。”

“还是老样子，单独行动吗？”

“啊，不是……”

奥拉姆眨了眨眼。

“她带着一个徒弟。”

尤吉尔挑了挑眉。

“徒弟？见习香使吗？”

“不，已经取得了香使的资格。虽然出生于藩王国，却特许进入‘利亚莱园’。之后，她以前所未有的速度接连通过一个个‘香使的考验’……”

“啊，是那个姑娘啊！”

尤吉尔打断奥拉姆的话。

“听说是马修叔父带来的？”

“是的。就是那个女孩。”

“我记得她是叫爱伊莎·洛里奇吧？”

奥拉姆惊讶地看着尤吉尔。

“您连她的名字都知道？”

尤吉尔露出不好意思的笑容。

“因为说是马修叔父带来的他母亲那边的亲戚，所以我很感兴趣。……原来她跟着米吉玛姑姑到处跑啊。”

想起以前偶然瞥到过的女孩的侧脸，尤吉尔轻轻叹了口气。

“真羡慕啊。”

下一个瞬间，他又觉得这么想不对。——面对这样的惨状，巡访山地的村庄，是个很辛苦的工作吧。

尤吉尔脑海中浮现出身材矮小的米吉玛和走在她身后的女孩的身影，吃起已经凉了的晚饭。

“我很少有机会到这里来，米吉玛姑姑就在附近的话，我想和她当面谈谈。”

“……”

奥拉姆没有立刻回答。尤吉尔抬起头看着他。

“有什么不妥吗？”

“啊，不，我想起了想向您汇报的事。”

“什么事？”

奥拉姆放下筷子，从怀里取出一张折好的纸。

“还在调查阶段，所以这些数字还非常粗略，今后我们会进行更详细的调查后上报。看到这些，您有什么想法？”

尤吉尔打开奥拉姆递给他的纸。是奥拉姆漂亮的字迹，记录着山区五个村子饿死的人数。前年没有人饿死，去年有两个村子有人饿死。

其余三个村子没有出现饿死的人。

“这些没有人饿死的村子，田地没有被焚烧？……不，不对，没有田地被焚烧的只有两个村子。这个村子——亚拉村有粮食储备吗？”

奥拉姆摇了摇头。

“没有，亚拉村是五个村子里最偏远、最贫困的村子，不太可能有储备。”

“田地也被焚烧了？”

“是的。”

“然而却没有人饿死？……它应该也交税了吧？我记得平原地区交不上税的村子比较多，山区的五个村子几乎没有拖欠。”

“是的。亚拉村本来能够种植奥乐稻的耕地面积就很小，收成也比其他村子少，所以被允许用草药等特产交税。”

“是吗？即便如此，也没有人饿死的话，是因为他们能从山里采摘到足够全村人吃的山货？”

“不，这几个村子能从山里获得的食物数量都差不多。”

尤吉尔眉头皱了起来。

“那问题出在哪里？”

“我也觉得很奇怪，特地调查了一番，到目前为止还没能得出明确的结论。”

“与它们所处的位置有关吗？有没有可能是向帝国本土走私草药，获得了非法的收入？”

“我也很担心这一点，做了非常细致的调查，没有发现什么可疑之处。只是……”

“什么？”

奥拉姆欲言又止，过了一会儿，终于下定决心似的开口说：

“村里的孩子们说的话有些奇怪。有一个孩子说‘是天神派来的使者救了我们’。另一个孩子脸色大变，生气地说：‘你这么说天神

的使者就再也不来了，别瞎说！’

虽然是孩子说的话，不能尽信。但有时候孩子的话里也藏着大人的秘密，所以我认真听了。当我若无其事地将这件事告诉大人们时，他们脸色都变了。”

“脸色变了，什么也没说？”

“是的。”

尤吉尔眼睛亮了起来。

“真有趣，这是……”

说到一半，尤吉尔露出沉思的表情。奥拉姆默默地看着尤吉尔，等着他开口。

不一会儿，尤吉尔慢慢摇了摇头，脸上的笑容随之消失。

“这可不是一句‘真有趣’就能算了的事。如果是有人假扮成天神的使者，设法减少饿死的人，这可就是个大问题了，绝不能忽视……”

尤吉尔盯着奥拉姆。

“奥拉姆。”

“是。”

“你能继续查探这件事吗？一定要慎重。”

奥拉姆点了点头。

“遵命！”

·2·

留下“祈愿鸽”的占卜师

昏暗的树林里，有什么在移动。

“……来了。”

村长穆兹霍低声道，站在他身后的男人们顿时紧张起来。

山头虽还有晚霞的余晖，天色已变黑。四周飘着浓雾，从森林深处走来的人影也朦朦胧胧地摇曳着。

不久，森林尽头出现了一个人影。瘦削的人影飞快地向这边走来。

当那人的身影清晰可见时，村民们全都屏住了呼吸。——来人不仅戴着头巾，脸上还遮着黑布。

天色昏暗，没拿灯笼，脸上遮着黑布，按理说应该连脚下的路都看不清，可来人却以极其娴熟的脚步走下狭窄的山路，穿过田野，向这边走来。

村民们一动不动，像被冻住了一样，眼睁睁地看着那个人影走到自己身边，停下脚步。

一阵风吹来，来人脸上黑色的挡风布晃了晃。

“晚上好。”

来人发出年轻女孩的声音。

“我来这里是因为听到了‘祈愿鸽’的召唤。哪位是村长？”

听到来人用奥格达语这么问，穆兹霍一边向前走了一步，一边想起之前发生的一切，仿佛一瞬间做了一个长长的梦。

很久之前，穆兹霍就听说过关于带着“祈愿鸽”的占卜师的传闻。

不知道传闻是从哪里传出的。一开始说有一个背着鸽子笼的男人和一个用头巾蒙着脸的年轻姑娘在山区的村庄出没，这个姑娘占卜非常准。

最初的传言说这个姑娘找到一个失踪的小女孩，送回了她父母身边。她还能揪出盗贼、找到失物，总之姑娘的占卜准得惊人。如果只是这样，不过是一个替人寻找失物的占卜师的有趣故事，没什么稀奇的。但是，那个姑娘不知为何，从不接受钱财。

村民们很惊讶，问她为什么不收。每次姑娘都回答说“我受人之托而来，帮你们的不是我，我也不是为了钱才帮你们的”。

“饥荒将侵袭拉帕。可怕的虫子吞噬奥乐稻的日子即将来临。

“到那时，就算吃点苦也想乞求帮助的人放飞‘祈愿鸽’。

“切记：勿将此事泄露给官员或帝国之人，否则救赎将不会来到。”

一些村庄精心喂养姑娘留下的鸽子，大部分村子在姑娘离开后，慢慢就忘记了这些鸽子。姑娘没有去过奥拉尼村，所以村长穆兹霍很快就忘了这件事。

当他听说在拉帕的平原地区暴发了奥约玛虫害时，才想起来那个留下“祈愿鸽”的占卜师。

这场虫害造成了巨大损失，原本抗病虫害能力很强的奥乐稻几乎颗粒无收。这个消息很快传到了山区的村子。穆兹霍听到这个消息时，隐隐想起了留下“祈愿鸽”的占卜师说的话，心想“真的被她说中了”。不过，当时他只觉得这事发生在遥远的平原地区，与他们无关。

然而，奥约玛没有停留在平原地区。

去年，一些山里的村子也爆发了骚乱，因为奥约玛在奥乐稻田里大量出现，官员们命令他们烧掉这些奥乐稻。他们只听说平原地区的村庄有人饿死，谁知去年山村也出现了饿死的人。

幸运的是，奥拉尼村还没有发现奥约玛。即便如此，当帝国的香使前来调查时，穆兹霍还是感到胆战心惊。

即使在山区，奥乐稻也是粮食的主要来源。

在种植奥乐稻之前，他们也种植旱稻、小麦、荞麦等各种谷物，可自从开始种植奥乐稻，这些谷物就种不活了。

好在奥乐稻收成很好，让他们过上了想都没想过的好生活。

当穆兹霍听说其他村子的奥乐稻被烧毁时，看着眼前一望无际、随风摇曳的金色稻穗，想到把它们烧毁的后果，感到背脊一阵阵发凉。

那一刻，他想起了给他们留下“祈愿鸽”的占卜师。

在奥乐稻被焚烧殆尽的山村中，只有一个村子——亚拉村没有人饿死。

传闻说亚拉村的人精心照看“祈愿鸽”，一听说发生在平原地区的惨剧，立刻放飞了“祈愿鸽”。

穆兹霍想，如果传言属实，那自己是不是也应该弄一只“祈愿鸽”来，把它放飞呢？这个念头一起，他立时变得坐立难安。要做，就得抓紧时间。他们手头没有“祈愿鸽”，既然奥约玛能从遥远的平原地区飞到隔壁村，就时刻可能从隔壁村飞到自己这里，说不定明年就要烧田了。

幸运的是，亚拉村的村长是穆兹霍的远亲。

穆兹霍立刻备好礼物，去拜访亚拉村村长，请求他给自己一只“祈愿鸽”。

亚拉村村长是个和蔼可亲的人，一边点头一边听穆兹霍诉说。

他说：“我们养了五只鸽子，给你们一只也行。”然后，他眼里带着探究地问：“你们那儿还有约吉小麦种子吗？”

“约吉小麦？”

穆兹霍不禁反问。以前，他们大量种植约吉小麦，可自从开始种植奥乐稻，就不种约吉小麦了。与其说是“不种了”，不如说是“种不活”，所以无法种植约吉小麦了。

“应该没有人有了吧。您为什么这么问？”

亚拉村村长盯着穆兹霍说：“我们现在所说的话，你能发誓绝对不泄露出去吗？包括‘祈愿鸽’的事在内。”

“当然！这点请您相信我。”

“你能保证你们村里人也不会说出去吗？”

“当然！”

穆兹霍点点头，感到心跳越来越快。

亚拉村村长身体微微前倾，压低声音说。

“我和我们村子能得救，多亏了约吉小麦。”

穆兹霍惊讶地瞪大了眼睛。

“多亏了约吉小麦？也就是说，你们种了约吉小麦？你们是怎么种活的？”

亚拉村村长欲言又止，想了一会儿才沉吟道：“跟你说也没用。”

“为什么？别故弄玄虚了。拜托！快告诉我吧。”

“不，不是我故弄玄虚，而是适合每个村子的办法都不一样，我跟你说了也没用。”

“办法不一样？”

亚拉村村长点点头。

“这件事是密使大人叮嘱我的。”

“密使大人？”

“就是给我们留下‘祈愿鸽’的占卜师。她是被人秘密派来的，所以我们叫她‘密使大人’。”

这句话让穆兹霍突然想起一件很重要的事。他探出身体问道：“那位密使大人，真的不收谢礼吗？”

“真的！我们打心底感谢她，请她一定要收下些什么，可她什么也不要。”

“嗯……”

穆兹霍还是觉得有些不妥。

“……那，密使大人是怎么说的？她说按你们村的做法救不了我们村吗？”

亚拉村村长点了点头。

“她说，如果有其他村子也想放飞‘祈愿鸽’，你跟他们说你们村因为种了约吉小麦而得救的事也无妨。但是，这个办法只适用于亚拉村，别的村用同样的方法不一定能种活约吉小麦。所以，如果有村子想获得帮助，请他们放飞‘祈愿鸽’。只要我收到消息，一定会去救那个村子。”

穆兹霍皱起眉头。

“真的吗？不会是在装神弄鬼吧。哎呀！不是说你，是说那个密使。”

亚拉村村长摇摇头。

“不，不是的。你没见过她，才会这么说。等你亲眼见到密使，就明白了。”

然后，他神情严肃地看着穆兹霍。

“我告诉你，你千万不要怀疑密使大人，也绝对不能侮辱密使大人。

“你也知道，不管小麦还是其他粮食，都要花很长时间才能种出来。种植过程中，有很多要求。那些细节才是最重要的。只要有一点怀疑密使大人，说不定就会有人觉得‘这么点小事，太麻烦了，不这么做也没事吧’。我们村也发生过这样的事，差点儿坏事，所以我才跟你说这些。你可记住了啊。

“最重要的是村长要打从心底相信密使大人，让村里人照她说的做。就算要花很长时间，费很多功夫，村里有人抱怨，你也一定要忍住。一切按照密使大人说的去做。那样的话，小麦一定会成熟。我们村没有一个人饿死。这就是最好的证据。”

亚拉村村长语气十分严肃。穆兹霍被他认真的态度感染，说：“是吗？既然您都这么说了，我相信她。”

一边说，一边突然想起了什么似的说：“可我们村已经没有约吉小麦种子了啊！”

“这样啊，那把我们村的种子分一些给你们吧。”亚拉村村长说。

“真的吗？”穆兹霍不禁激动地说，说完又慌忙道，“可你们村今年也不能种奥乐稻了吧。约吉小麦可是救命粮啊，怎么好意思让你们分给我们……”

亚拉村村长笑了笑，说：“别想那么多。这种时候更要互相帮助。而且，今年我们村不仅种约吉小麦，也打算试着种荞麦。”

“啊！”

穆兹霍非常吃惊。亚拉村村长一脸严肃地说：“真要种约吉小麦，可不是件容易的事啊。首先，你们得背着官员和香使，找到能偷偷耕种的田地。”

“您就是村长穆兹霍吧？”

密使问完，穆兹霍点点头。

“山路迢迢，感谢您远道而来。请进！您先在这儿休息一会儿。虽然这房子不配用来招待密使大人您。”

“谢谢。”

密使跟在穆兹霍身后走进屋。男人们靠边站着，把路让了出来。

一直站在门口偷偷往这边看的穆兹霍的妻子匆匆进了屋。穆兹霍把密使带进招待客人的起居室，那里有地炉。

进屋后，密使也没有脱下身上的黑衣服和头上的帽子。她把脚上的登山靴脱下，装进袋子里，走进起居室，在客位上坐下。

村里管事的男人们纷纷进屋，隔着地炉，环坐在密使对面。

“今天来的都是奥拉尼村管事的人……”

穆兹霍一一向密使做了介绍。他的妻子和儿子们端来点心、茶水，放在大家面前。

穆兹霍请密使先喝点茶润润嗓子，但密使只是礼貌地道谢，并请穆兹霍的妻子把茶水、点心撤下去。

面对穆兹霍惊讶、踌躇的妻子，密使平静地说：

“感谢您的盛情款待。实在是抱歉。可这是一个秘密会议。万一有官员来访，根据茶水和点心的数量，就会知道除了各位之外还有一个人在这儿。”

说着，密使看着穆兹霍等人说：“我送来的口信收到了吧？”

男人们纷纷点头。

“是的，收到了。让您连口茶也不能喝，实在是抱歉。……喂，把这些撤下去吧。”

在妻子撤下点心、茶水时，穆兹霍想起密使交代的另一件事，红着脸站起来，一边说着“失礼了”，一边到密使身旁坐下。

待他坐下后，密使开口说：

“时间紧迫。有很多事等你们去做，谷物成熟也需要时间，所以我一收到消息就马上来了。之前给您的信里说过请您去西谷看看，您去看了吗？”

“是的，我去看了，可是……”

穆兹霍一边说，一边看着男人们的脸。其中一个人领会了穆兹霍的意思，开口说：“我无意冒犯，不过那一带从祖辈开始就是我们家的山。要把那儿变成麦田，我觉得很困难。

“在那个山谷里，玛奇花变成了蓝色。自古以来，人们就说，玛奇花开出红色花朵的土地适合种约吉小麦，开出蓝色花朵的土地不适合种约吉小麦。”

密使想了想。

“约吉小麦？我记得在信上没有写要在那里种约吉小麦吧？”

穆兹霍慌了。

“啊？不是吗？亚拉村的村长说他们种了约吉小麦，我就以为要把那里变成约吉麦田。”

密使摇了摇头。

“不。玛奇花开出蓝色花朵的土地确实不适合种约吉小麦，这是其中一个原因。更重要的是，比起亚拉村，我到你们这里来得更晚，没有时间了。

“你们要种的是约吉荞麦。约吉荞麦收获期短，最重要的是在西谷的土地里也能长得很好。”

男人们你一言我一语说起来。如果种约吉小麦的话，已经从亚拉村村长那里分到种子了，可如果种约吉荞麦的话，没有种子。

而且，西谷离村子太近了。大部分人认为要想在那里开垦田地不被发现，几乎是不可能的。

“那个，恕我冒昧，比起西谷……”

“您想在奥格谷开垦田地是吗？”

话被密使打断，穆兹霍心里一惊。他正准备这么说。

“啊，那样，那样更……”

“离村子更远，不容易被官员发现。而且这个距离，也不容易受奥乐稻影响，能大面积种植？”

心里所想的事一件件被说中，穆兹霍把话咽了回去。

密使摇摇头。

“奥格谷、洛奇赛山的洼地、尤麻奇的平原，都不行。”

男人们的声音更大了。这些都是他们接下来打算说的地方。

“……为什么那些地方不行？”

“不管是奥格谷、洛奇赛山的洼地，还是尤麻奇的平原，都离村子太远了，而且，这些地方还需要开垦。如果是西谷，只要把现在种植蔬菜的梯田，变成种植谷物的耕地就可以了。”

穆兹霍皱起眉头。

“可是，那里离奥乐稻的耕地太近了，什么也种不活。

“虽然隔着杂树林，但运输奥乐稻的马车要经过那里，我在那里拔过很多次‘撒落的奥乐稻’。”

穆兹霍低声说，其他几个男人也异口同声地说自己在那里拔过。

运送帝国赐予稻种的马车走过的道路沿线，有时会出现不是人们耕种，而是自然生长出来的奥乐稻。老鼠很喜欢吃奥乐稻，有时会钻到马车里偷吃稻种。虽然为了防止这种情况发生，采取了严密的措施，也无法完全避免，还是会有零星的稻种掉到地上，生根发芽。

这些自然生长的奥乐稻被叫作“撒落的奥乐稻”。香使命令村里人一旦发现，必须拔除并烧毁。

因为如果放任不管，这些奥乐稻会不断繁殖，使周围的草地枯萎，无法放牧家畜。

自然生长的奥乐稻稻壳很硬，谷粒很小。有传言说，偷吃“撒落的奥乐稻”的人死得很痛苦。所以，一旦发现有“撒落的奥乐稻”，就仔细拔除并把它烧毁，这已经成为一种惯例。

“离奥乐稻田太近的话，有被香使大人发现的风险。”

穆兹霍说完，密使摇摇头。

“那里反而……”

刚说了一句，密使突然停下来，把脸转向门口的方向。

然后，她猛地站起来，拿起她坐过的蒲团，压低声音对穆兹霍说：“香使要来了。”

“什么？”

“我在给你的信里写了这种时候该如何应对，你照做就行。后门在哪里？”

在密使急切的催促下，穆兹霍指了指会客厅右手边的拉门。

“那边是厨房，后门在那里面。”

密使点了点头，拿着蒲团迅速打开拉门，消失在厨房后面。

男人们呆呆地望着密使消失的方向。没过一会儿，他们就听到了敲门声，不禁发起抖来。

“……我是香使奥拉姆，请开门。”

听到这句话，其中一个男人瞪大了眼睛，小声说：“真的来了。”

穆兹霍慌忙站起来去开门。

香使奥拉姆站在黑暗中。他提起灯笼，吹灭火苗，收了起来。

“穆兹霍村长，这么晚了来打扰很抱歉。我听说这里有个聚会，就顺道来看看。”奥拉姆说。

“啊……啊，原来如此。啊，您，您请进。”

穆兹霍的心脏怦怦直跳，声音大到他担心别人会不会听见。只见他勉强挤出笑容，把奥拉姆请进屋。

“打扰了。”

奥拉姆行了一礼，走进屋，脱下靴子，走进会客厅。

视线扫过整个房间，奥拉姆笑着说：“管事的男人们都来了。在开什么会？”

男人们抬头看着他，脸色僵硬。其中一位长者清了清嗓子，开口说：“嗯，那个……我们在商量今后该怎么办。”

奥拉姆看着老人，说：“莫拉德老爷子，您怎么了？出这么多汗，身体哪里不舒服吗？”

“……没有，没有，我身体没有哪里不舒服。”

老人摆着手，不知道说什么好。旁边的一个男人接过话头。

“说实话，我们很害怕。看见香使大人您来，我们忍不住会想‘这次是不是要让我们村烧毁奥乐稻了’。”

听了这话，奥拉姆“啊”了一声。

“原来如此。也难怪你们害怕。”

“啊，您请坐！”穆兹霍站在奥拉姆身后对他说。

说着，他发现客位上没有蒲团，便冲里屋喊了一声：“喂，拿个蒲团来！”同时，在心里感叹密使心思之缜密，竟然没忘了把蒲团拿走。

·3·
掠夺

淡蓝的黑暗中，一个黑色的人影在缓缓移动。

或许是因为手里没有灯笼，人影小心翼翼地沿着山路走下来。

香使奥拉姆躲在树影后，注视着人影的一举一动。

“……一个人啊。”

他原本以为要去也是几个人一起去，正感到意外，只见那人身后又出现了其他人影。

“一个、两个……三、四、五……有五个人啊！”奥拉姆心想。

这五个男人和刚才那个男人一样，手里没有拿灯笼。他们有的手里拿着什么东西，有的肩上扛着什么东西。

由于光线太暗，奥拉姆看不清男人们到底是谁。但他并不在意，不管他们是谁，毫无疑问都是亚拉村的村民。

在尤吉尔下令前，奥拉姆就已命手下调查这个村子周围的情况了。

尽管奥乐稻被烧毁了，可亚拉村并没有人被饿死，这说明他们通过某种手段获得了粮食。那么，最有可能的就是暗地里在别处种了奥乐稻。话虽如此，可若没有香使的指导，根本种不活奥乐稻。

奥乐稻的稻种处于严格管控之下，肥料的分配也受到严格管理。村民们能偷偷种植的无非是豆类、约吉小麦、约吉荞麦之类的作物。

可是，约吉小麦、约吉荞麦等传统作物受奥乐稻影响很大。豆类虽然可以成活，但产量恐怕不够人吃。不管是哪种作物，要想获得足够的收成，都要种在远离村子的地方。

况且，这一带都是深山，耕地很少。在远离村子的地方，没有什么可以开垦的土地。不过，奥拉姆还是让手下的香使去找离村子足够远、不受奥乐稻影响，又能开荒种植的田地。到目前为止，还没有在亚拉村附近找到这样的地方。

“如果不是偷偷开垦了耕地，那就是通过某种手段，偷偷进行交易，获得了粮食。”奥拉姆心想。

孩子们说的“天神的使者”也让人联想到有人在和亚拉村的村民接触。

于是，奥拉姆停止寻找隐藏的耕地，开始让香使们轮流监视村子。寻找秘密耕地的工作在日常工作的间隙也能进行，但每天监视村里人的动向，只靠有限的几个香使很难完成。奥拉姆抱着“如果监视那天，村民们恰好有所行动”的心态来监视，想不到今天运气这么好。

跟在往山下走的男人们后面，奥拉姆突然觉得有点不对劲。

天马上要亮了。男人们的身影变得更加清晰，他们随身携带的工具也更清晰了——那些是农具！

“……不是秘密交易，还是偷偷开垦了耕地！”

奥拉姆心跳猛然加速。

看着男人们回到村子后，奥拉姆沿着山路往回走，很快在一个意想不到的地方发现了秘密耕地。

对于眼前所看到的一切，奥拉姆感到难以置信。

“为什么会结穗……”

摸着已经结穗的约吉小麦，奥拉姆茫然地环顾这片田地。

这里原本是菜地，奥拉姆便以为现在还是菜地，所以特意没有来查看。

而且，紧挨着这块地南边的是原来种植奥乐稻的梯田。虽然眼下奥乐稻已经被烧毁，什么也没种，可原本的菜地旁边种过奥乐稻。

是因为烧掉奥乐稻已经有一段时间了吗?

“不。”并非如此。奥乐稻使其他谷物枯萎的能力惊人。就算把奥乐稻移走，在那之后的很多年里，其他谷物在之前常年种植奥乐稻的田地旁边也无法成活。这一点香使都知道。

如果彻底更换土壤，或许能解决问题。问题是适合耕种的田地绝大多数都已经种上了奥乐稻。

奥乐稻改变土壤的能力惊人，不仅影响耕地本身，还影响到周围的土壤。

在没有遭受奥约玛虫害的地区，必须优先种植奥乐稻，所以即便找遍整个奥格达藩王国，也很难找到足够的、没有受过奥乐稻影响的、适合于耕种的土壤。

奥拉姆等人也曾提议从帝国本土运来土壤，把被烧毁的奥乐稻田的土换掉，以拯救奥格达人免于挨饿。可这么做要花费大量金钱，花费很多时间和精力。况且，对于尝试自己制造肥料的奥格达，帝国采取不进行援助的态度，所以奥格达并没有这么做。

奥格达藩王为了救济百姓，开始更换部分地区的土壤，但优先援助支撑藩王国经济发展的产粮地区，无暇顾及山区。此外，土壤的价格也随之高涨。

这个村子的人不可能靠一己之力，弄到土壤，进行更换。如果他们这么做，应该早就被奥拉姆等人发现了。

“到底是为什么？——他们怎么把约吉小麦种活的？”

“此事非同小可！”

这样的想法涌上心头时，奥拉姆浑身一颤。

奥拉姆长年担任香使，身手也很好。在奥格达这样的藩王国查探时，一直十分小心谨慎。因为奥格达虽然隶属帝国，但仍在抓住一切机会提升国力。

这个时候，奥拉姆沉浸在自己的思绪里，分了心。有人恰恰抓住了这个机会。

当他感觉有几个人正向他冲过来时，已经错失了逃走的时机。

眼看一个绳索状的物体飞过来，奥拉姆立刻伸手一挡，躲了过去。可下一秒钟，带秤砣的绳子从四面八方飞来，击中了奥拉姆。他被困在其中，动弹不得。

奥拉姆的脸颊和胳膊被锐利的小麦叶划伤，倒在地上。他咬紧牙关，背对着刚刚升起的朝阳，抬头看着俯视着他的几个男人。

奥拉姆凝视着这群面带刺青、勇猛的奥格达武士的脸。

闻到乌莱利的味道，爱伊莎站起来去开门，这是他们的秘密藏身之处。

等乌莱利敲门，爱伊莎才打开门。夹杂着雨丝的冷风，随乌莱利一同吹进屋里。

“马修在吗？”

顾不上打招呼，乌莱利一脸紧张地问。湿漉漉的头发贴在他的额头和脸上。

“他不在。说是有事，今天早晨回帝都了。”

乌莱利闻言一脸失望。

爱伊莎回到房间，拿来一条厚毛巾，递给乌莱利，接过他手里的湿雨衣，晾在外屋。

“我去泡茶，您先暖暖身体。”

爱伊莎说完，乌莱利点点头，走进屋里。

这个秘密藏身处以前是商人住的客栈，有几个房间，可以供几个人起居。马修准备了好几个这样的藏身处。爱伊莎在完成香使工作的间隙，去干密使的工作时，就住在这些地方。

乌莱利现在是马修重要的“伙伴”之一。虽然他还担任藩王国视察官，不能全身心投入马修这边的工作，但二人现在都负责奥格达藩王国，帮了马修很大的忙。

“伙伴”是拉奥大师和马修经过商议，花了很长时间精心挑选出来的，以应对即将来临的大灾难。

首先是米吉玛和塔克一家。米吉玛是拉奥大师的女儿，塔克是拉奥大师的表兄。他们和马修一样，是参与这个计划时间最长的核心人物。

乌莱利和奥洛奇，虽然是在奥约玛虫害真正暴发后才加入的新人，但他们是马修多年来出生入死的战友，与马修之间有着深厚的情谊。二人武艺高超，能够承担各项工作，值得信赖。

虽然包括马修和拉奥大师在内，不过区区十二人，但大家都知道这么做的意义何在，也知道有可能因此被问罪。

其中，只有米吉玛和塔克一家知道，身为香君的奥莉耶与爱伊莎成为他们的“伙伴”的真正理由，而乌莱利和奥洛奇并不知情。

爱伊莎和马修具有异于常人的嗅觉这事，与香君的存在有着错综复杂的关系，马修认为目前还没有必要特意告诉他们。

乌莱利和奥洛奇只知道爱伊莎可能是马修的表妹。听说这件事时，两人都吃惊地瞪大了眼睛。不过，他们很快就露出了一副“原来如此”的神情，大概在想难怪马修会冒着生命危险救爱伊莎姐弟呢。

擅长驯狗的奥洛奇沉默寡言，几乎不把感情表露在脸上。与之相反，乌莱利的表情十分丰富。在故乡西坎塔鲁见到乌莱利时，爱伊莎就觉得他是个热情的人。和他共事之后，爱伊莎有时甚至会想，当个武将对他来说是不是很痛苦。

爱伊莎往热茶里倒了点蜂蜜，递给乌莱利。坐在暖炉旁取暖的乌莱利道谢后接过热茶，喝了一口，“呼——”长出了一口气。

“发生什么事了吗？”爱伊莎问道。

“奥拉姆被掳走了。”乌莱利低声说。

“被掳走了？”爱伊莎震惊地反问。

“嗯，混进‘奥格达曙光’里的密探传来了消息。今天早晨，奥拉姆去找亚拉村的秘密耕地时，被‘奥格达曙光’的人袭击了。”

想起头发半白、性格沉稳的奥拉姆，爱伊莎感觉血色逐渐从自己脸上褪去。

奥拉姆是新卡修加家族的亲戚，担任高级香使，为伊尔·卡修加和他儿子尤吉尔效命。虽然如此，同样身为香使，他的见多识广令爱伊莎佩服，他的人品也很让人敬重。所以，爱伊莎很担心，像是胃被人紧紧揪住了。

奥拉姆被掳走的地方也让她很担心。

“奥拉姆找到秘密耕地了？”

乌莱利神情严肃地点了点头。

“我本来很放心，根据奥洛奇传来的消息，他们一直照我们想的，在错误的地方，可现在……”

爱伊莎拧紧眉头。

“到底是怎么回事？奥拉姆在秘密耕地被掳走，那‘奥格达曙光’也知道亚拉村有秘密耕地的事了？”

乌莱利沉吟道：

“我不知道。也许他们是为了掳走奥拉姆，跟踪他到秘密耕地去的。但也不排除亚拉村的某个村民与‘奥格达曙光’有联系，为了保护秘密耕地才掳走奥拉姆的。如果是这样，也就意味着那些家伙知道，是‘密使’让村民们开垦秘密耕地的。好在，村民们知道的不多，所以现阶段你也不用太担心。不过，今后我们得更加小心了。”

“奥格达曙光”是一个以奥格达获得独立为目标的组织，由武士组成，真实情况不为外人所知。虽然奥格达藩王曾公开表示，对帝国而言，这些人是叛徒，一经发现，必严惩不贷。但马修认为这个组织很可能是由藩王的族人控制的。

尽管“奥格达曙光”寻求独立，但到目前为止，并没有谋反之举，只采取了一些无关紧要的行动：在奥格达藩王国，袭击乌玛鲁商人的商行，因为他们假借帝国权威，向奥格达商人施压；袭击农业官员，因为他们为了讨好帝国，残酷剥削奥格达农民，用于贿赂。因此，帝国并没有把他们当一回事。

直到他们走私鸟粪石一事暴露，乌玛鲁帝国的统治者才开始密切关注这个组织的动向。对帝国而言，密谋独立种植奥乐稻是动摇帝国统治根基的大罪，是帝国最需要关注的动向。

皇帝一方面任命伊尔·卡修加掌管的富国省去调查“奥格达曙光”；另一方面把马修从西坎塔鲁召回，任命他为奥格达藩王国视察官，让他也去调查“奥格达曙光”。皇帝知道马修与旧卡修加家族的家主拉奥走得很近，为了不偏向新旧卡修加家族任何一方，维持两大家族的平衡，经常采取类似的措施。

对于马修来说，这是件求之不得的好事。

因为那个时候，他已经预见到奥约玛可能使奥乐稻遭受巨大损失，着手将爱伊莎打造成带着“祈愿鸽”的占卜师，实施拯救农村的计划。

“奥拉姆大人现在在哪里？他有危险吗？”

脸色苍白的爱伊莎问乌莱利。乌莱利摇了摇头。

“不知道。密探也无法确定他在哪里。是否有危险……目前也不知道。不过奥拉姆是高级香使。他们应该知道，杀害高级香使将会遭到帝国的猛烈报复，连累整个藩王国，我想他们不会轻易那么做的。”

“正因为如此奥拉姆大人才更加危险，不是吗？”

“……”

“对香使出手已经是大罪，他们不应该掩藏掳走奥拉姆这件事吗？”

乌莱利没有回答，可从他的表情可以看出，他也有这样的担忧。乌莱利的视线落在茶水上，沉默了一会儿，开口说：“如果是为了不被帝国发现秘密耕地，才掳走他的话……是啊，会想让他彻底消失吧。”

“但是，应该不会马上杀了他。如果只是不想让帝国发现秘密耕地，他们大可以直接在那儿杀了他，就地埋了。既然把他掳走，说明他们想让奥拉姆活着，利用他做些什么。”

即便如此，奥拉姆接下来的命运也不会改变。

“怎么会变成这样……”爱伊莎低着头，咬着嘴唇。

这几年，为了不让奥格达人挨饿，她一直在拼命努力。

偷偷教山村的人们种地很危险，可在奥格达的执政者还没找到办法把人们从这场惨剧中解救出来的情况下，能够做些事，对爱伊莎来说很幸福。某种意义上，这对她来说是一种救赎。

身为香使的爱伊莎，十分了解遭遇奥约玛虫害的农村，百姓生活有多么凄惨。如今，她终于切身体会到了父亲的感受。

爱伊莎心想，就算明知奥乐稻是统治“工具”，如果要以“百姓可能饿死”为代价去交换，她绝不会那么做。对于眼下正在受苦的每个人来说，生命都只有一次，一旦失去就无法挽回。

那些因为祖父的决定而逝去的生命，百姓因此而遭受的苦难，爱伊莎无法弥补。可是，她想拯救眼前受苦的人。

但是，奥格达的惨剧有复杂的成因，要把人们从饥饿中拯救出来，绝非易事。因为这场灾难的根源与帝国对藩王国的统治方式密切相关。

对乌玛鲁帝国而言，奥乐稻是“梦想中的稻子”。有了它，不需要打仗就能扩张国土。然而，现在不过是奥约玛这样的小虫子，就有可能轻而易举地推翻它的统治。

拉帕的水田出现大量奥约玛，并使奥乐稻枯萎了的消息，使整个帝国陷入了惊恐与不安之中。

最初，发现虫卵时，只要把那附近的奥乐稻烧毁，就能防止奥约玛虫害暴发。加上拉奥大师命令香使严格监视，在烧毁奥乐稻后补偿农民的损失。在那之后很长一段时间，都没有再暴发奥约玛虫害。

然而，近些年，各地频繁出现高温多雨的天气状况，监视变得很困难。

特别是在温暖的奥格达南部，屡次暴发约玛虫害。不久，在虫卵没有被及时发现的种植区，奥约玛出现了。

它一旦出现，扩散的速度快得惊人。

香使们尝试了各种各样的杀虫药，都不能除掉奥约玛。除了把滋生奥约玛的奥乐稻一起烧毁外，别无他法。

对于只能种植奥乐稻为生的奥格达人而言，命令他们烧毁奥乐稻，和命令他们饿死没什么区别。

奥格达人已经意识到如果没有被帝国纳入伞下，没有种植奥乐稻的话，就不会发生这场悲剧。

在种植奥乐稻之前，奥格达人靠种植约吉小麦、约吉荞麦等各种谷物生活。虽然和奥乐稻相比，这些作物的收成只有几分之一，但也能勉强维持人们的生活。

可如今，在种植了奥乐稻之后，已经不能再种植约吉小麦和约吉荞麦。这将奥格达人置于非常危险的境地之中。

帝国宣称这场灾难的根源在于奥格达藩王国企图谋反。

说只要正确种植奥乐稻，就不会招来害虫。正因为奥格达藩王国罔顾命令，偷偷生产肥料，用在奥乐稻上，才导致奥约玛虫害暴发。

奥格达的执政者打破禁忌，非法制造肥料的确是事实，所以现在人们相信帝国说的这个原因。

如果这是导致虫害暴发的原因，那么遭受损失的应该只有奥格达。其他藩王国的人也愿意相信这是真的，所以暂时还能以这个理由维持对藩王国的控制。

问题在于，一旦帝国本土暴发奥约玛，光靠这个理由就糊弄不过去了。

皇帝和伊尔·卡修加都很清楚这一点，所以他们现在仍然坚称：错在奥格达，如果按照正确的方法种植奥乐稻，就不会遭遇虫害。

马修曾说："帝国就像一个牛群。即使领头牛意识到了危险，也很难改变整个牛群前进的方向。

“改变也会带来危害。

“所以，皇帝陛下一直在摸索，如何在不改变方向的前提下，解决问题。

“就算遭到藩王国的猛烈批判，他也不会承认错在帝国。

“他会把责任推到奥格达头上：用错误的方法制作肥料，用这样的肥料种出来的奥乐稻有问题。正是吃了有问题的奥乐稻，奥约玛虫害才大规模暴发。”

“照这么说，或许暂时会给人一种帝国没错的印象。

“但是，根本问题没有解决。——人们在挨饿。”

爱伊莎和塔克等人一直尝试对肥料进行改良。三年前，终于突破了一个难关，成功让奥格达的两种传统作物——约吉小麦和约吉荞麦成活。

当爱伊莎开始用“祈愿鸽”占卜师这样的小把戏帮助奥格达山区的人们时，收到了奥莉耶用飞鸽传来的信。信上只用暗号写了一句“谢谢”，爱伊莎却很珍惜，总是揣在怀里，小心翼翼地随身携带。

爱伊莎忘不了，当村民们看到秘密开垦的田地里成熟的约吉小麦时，那情不自禁的欢呼和他们的笑脸。

虽然时刻与危险相伴，但她从未觉得厌倦。

可是，她从来没有想过，这么做会害得奥拉姆身陷险境……不安和焦躁涌上心头，爱伊莎咬紧了嘴唇。

可能已经晚了。可即便如此，哪怕只有一丝希望，也要不惜一切代价救出他。爱伊莎抬起头，看着乌莱利。

“乌莱利大人，能请您去米吉玛大人那儿一趟吗？”

乌莱利惊讶地看着爱伊莎。

“米吉玛大人？为什么？”

“让‘奥格达曙光’那群人以为发现了秘密耕地的香使不止奥拉姆一个，您意下如何？”

乌莱利眼神有了光芒。

“原来如此。”

如果不小心泄露了信息，有密探潜伏在“奥格达曙光”内部的事就会暴露。必须谨慎行事。好在利用情报掩人耳目这事，乌莱利干起来驾轻就熟。

随即，乌莱利的脸又阴沉下来。

“这么做或许能救奥拉姆一命，但……”

乌莱利一边说一边摇头，视线离开了爱伊莎。

“这事我一个人做不了主，得放飞信鸽，等马修的回复。”

在他说出这话之前，爱伊莎也想到了这点。

要救奥拉姆，秘密耕地的事就会被新卡修加家族发现。用不了多长时间，伊尔·卡修加就会查出亚拉村发生了什么。

那样一来，此前秘密筹划的一切就会化为泡影。

亚拉村的村民也会受到惩罚。如果从他们嘴里说出爱伊莎的事，不仅是爱伊莎，所有伙伴都会面临生命危险。

更有甚者，为了防止大灾难发生所进行的种种尝试也会被迫停止。

“如果马修大人现在在这里，他会说些什么呢？”

想到这里，爱伊莎突然觉得一股寒意从心底升起。

奥拉姆发现了秘密耕地，如果“奥格达曙光”让他消失，对爱伊莎等人来说没有比这更好的事了。

不用亲自动手，就能让奥拉姆消失。而且，万一事情败露，只要动手的是“奥格达曙光”的人，就可以让人们认为是他们偷偷开垦了耕地。既然他们尝试过制作肥料，偷偷开垦耕地也就不足为奇了。

心里一阵发凉，爱伊莎揉了揉失去血色的手指。

“难道是马修一手策划的？”

她不想把马修想得那么冷血，可她不认为一向思虑周全的马修，在实施“祈愿鸽”这么危险的计划时，会毫无准备，不考虑若被新卡修加家族发现该怎么办。

如果这是马修想好的对策，就算放飞信鸽，也救不了奥拉姆。

乌莱利从柜子里取出信纸，开始写信。一旁的爱伊莎继续思考着。

就算有办法，也不能救奥拉姆。

救了他，就会有很多人因此丧命。再说，他很可能已经被杀，光凭自己一个人的力量什么也做不了。

虽然这么想，可想要去救奥拉姆的想法一直在她心里翻腾，就像架在火上的锅不停在冒泡一样。

一想到是自己所做的事使奥拉姆陷入绝境，她就坐立难安。

自己为了拯救人们一直在拼命努力。自己做的事竟然会带来这样的后果，这是爱伊莎从来没有想过的。她为自己的天真感到懊悔。

“我去放信鸽。”

听到乌莱利的声音，爱伊莎猛地回过神来。

乌莱利披着湿淋淋的雨衣，对爱伊莎说了一句“谢谢你的热茶”，走了出去。

门被关上，乌莱利的气味逐渐远去。爱伊莎呆呆地看着门。一个想法在她脑海中逐渐成形——我想知道奥拉姆究竟怎么样了。

就算他已经死了，也想把他好好埋葬，送他最后一程。或许这不过是为了让自己心里好受一点儿，可她不想让奥拉姆就这样不明不白地消失。

爱伊莎站起来，麻利地开始为出发做准备。

·4·
追踪

到达秘密耕地时，雨已经停了，风还很大。

爱伊莎望着午后光线照射下的这片田地，沉浸在失望之中。

雨后，森林里的草木和田里的土壤，所有东西的气味都变了。风吹来各种各样的气味，包括被雨水打湿的兽皮的气味，唯独没有一丝奥拉姆的气息。

“……他是在什么地方被袭击的呢？”

爱伊莎在田地和森林的交界处慢慢走着，走到一处被踩得很乱的地方，地里的土有的隆起，有的下陷。爱伊莎一开始觉得可能是亚拉村的男人们留下的足迹，但那里的土踩得太乱，足印太深，又不像。

眼前浮现出男人们抱着奥拉姆，长靴陷进土里的情景，爱伊莎一阵激动。

她蹲下来，想仔细闻一闻，突然闻到了一股让她感到意外的味道。

那是一股甜甜的点心味。从长靴留下的一个脚印里，散发出淡淡的做点心用的香料的气味。

“……这是皮夏尔？”

皮夏尔是一种香料，属于贸易产品。这种加了皮夏尔的点心很贵，在山村买不到。据说在贸易繁荣的南部港口城市，有钱人在举行婚礼或庆祝升官时，会用它来招待客人。乌莱利曾经从别人送给他的点心盒里拿了两块分给爱伊莎。

想到这里，爱伊莎感觉脑海中有什么念头一闪而过，眯起了眼睛。

“是什么呢？”

总觉得她忘了什么关于皮夏尔的事。拼命想着，脑海中突然冒出马和稻草的气味。

“啊！对了！”有一次，她在山村里闻到过皮夏尔的味道。不是在亚拉村，是在接近平原地区的阿吉拉村。和装满奥乐稻稻草的马车擦肩而过时，她闻到了皮夏尔的香味。那时，她还觉得奇怪，为什么能在这么偏远的地方闻到皮夏尔的气味。

“运送稻草的马车！”爱伊莎感到心跳加速。

到处收购稻草和茅草的商人，无论出现在哪个村子，大家都不会觉得奇怪。

而且，马车上的稻草堆得像座小山。奥乐稻被焚烧后，他们收购杂草、落叶等用来堆肥。这样的马车用来偷偷运一个人再合适不过。

爱伊莎起身，飞奔起来。

这一带山路狭窄，仅容小型运货马车通过，大型运货马车过不去。要把人送到马车能停放的地方，最有可能走三号水车屋后面那条路，它通着山路。

村民们使用水车的时间基本上是固定的，而且三号水车屋离村子很远，所以村民们很少用它。

爱伊莎很想马上到那里去确认一下，但她没有穿密使的衣服，不能靠近亚拉村。作为香使，亚拉村不是她负责的范围，如果被村民们发现会引起他们的怀疑。来的时候她特地绕过亚拉村，走的山路。

尽管如此，眼下还有可以做的事。亚拉村只有两条通往其他地方的路。虽然不知道那伙人走的是哪条路，但其中一条路在经过平原地区后，前方是阿吉拉村。她在那儿闻到过皮夏尔的气味，而且阿吉拉村是她的管辖范围，就算她出现也没什么奇怪的。爱伊莎决定赌一把，走这条路，她在心里祈祷自己的选择是正确的。

前方山路飘来马的气味。把租来的马扔在山里，她一直很不放心，好在它没有被狼群袭击，还等着她。

到达阿吉拉村时太阳已经西斜，落日照在各家的茅草屋顶上，闪着金光。即使变成了稻草，奥乐稻的气味也很浓郁。普通的稻草不如茅草耐用，但奥乐稻不仅不易生虫，且比茅草结实耐用。奥乐稻搭建的屋顶似乎守护着每个家庭。看着这些屋顶，爱伊莎朝广场的方向走去。

快到晚饭时间了，广场上很冷清，只有几个商人在收拾卖剩的东西。

看见熟悉的卖鞋的商人，爱伊莎翻身下马，牵着马向他走去。卖鞋人一看到爱伊莎，脸上露出了笑容。

“香使大人，忙到这么晚，辛苦了。”

爱伊莎也微笑着向他点点头。

“大叔，这么晚了，您辛苦了。今天下雨了，很冷吧？”

“嗯，是啊。没事，我已经习惯了。”

说着，卖鞋人把手放在已经收好的鞋箱上，问道：“您要买鞋吗？”

“不，不好意思，不是的。我有点儿事想找收稻草的人，您今天见过他吗？”

“收稻草的人？嗯，我想想，看没看见呢……”

卖鞋人认真想了想，说：“对不起，我不记得了。”

“是吗？我才要说抱歉，耽误您收摊了。”

爱伊莎向卖鞋人道歉，离开他的摊子。

“接下来怎么办呢？”爱伊莎心想。

太阳渐渐隐没在山的边缘，一间间房子在广场地上倒映出长长的蓝色影子。

“就像海底捞针。”想到这点，爱伊莎胸口沉甸甸的。

叹了口气，正准备上马时，一个声音从背后传来。

“香使大人。”

爱伊莎回头一看，身后站着一个衣着简陋的老人。这是一个以乞讨为生的人，有时爱伊莎会看到来广场的人给他些东西。

“您在找收稻草的人吗？”

“嗯。您看见他了吗？”

老人微微一笑。

“如果看到了，有什么好处吗？”

爱伊莎盯着老人答道：“如果能证明不是为了得到好处而说的谎，我就给您一枚铜币。”

老人收起笑容说：“我看到了，没有骗你。”

“那个卖稻草的是这个村的，他母亲还在村里。每次回来，他都会给他母亲钱，是个大孝子。有这么个儿子，他母亲也很高兴。每次趁他回来的时候去讨要东西，他母亲都会给我点儿吃的喝的。”

爱伊莎从斜挎的袋子里取出铜币。老人两眼放光地伸出手来。爱伊莎握着铜币说：“如果能告诉我他母亲家在哪里，我再给您两枚铜币。”

老人满面笑容。

“喔哟！你跟我来！”

老人带爱伊莎来到一栋安着玻璃窗的小屋前。窗户微微开着，从屋里飘出烟味。那不是山里人常用的用动物脂肪做的蜡烛燃烧发出的，是城里卖的蜡烛的，价格高昂。

还有皮夏尔的气味。

爱伊莎一边强忍着不在脸上表现出翻腾的喜悦，一边把三枚铜币递给老人。

目送喜不自胜的老人往广场的方向走去，爱伊莎敲响了大门。

屋里的人轻声回应。过了一会儿，门被打开。开门的是一个身材矮小的老妇人。皮夏尔的香味越来越浓。

“您是哪位？”

老妇人一脸困惑地问。

“这么晚来打扰您，十分抱歉。我是香使，有些事想请教您。”

说着，爱伊莎给她看了代表香使身份的手镯。

老妇人的神色越发困惑。

“……哦，您有什么事？”

“听说你儿子是收稻草的？”

“是的。”

爱伊莎说出急中生智想出的话。

“因为某种需要，我正在调查有没有什么东西能代替稻草，所以想见见您儿子。他在家吗？”

老妇人摇了摇头。

“他不在，那孩子住在藩都，不住这儿。”

“啊！是吗？有人说今天看见他了，所以我才冒昧来拜访的。”

老妇人微笑着说：“嗯，是啊，今天早上他来了。今天不是他平常来的日子，我还吃了一惊。他说刚好路过这儿，所以把皮夏尔给我带过来。”

“给您送皮夏尔来啊。这种点心很好吃呢。”

“是啊，很好吃。我特别喜欢吃。自从他知道我喜欢以后，每次经过，哪怕时间很短，也会顺路给我送来。”

爱伊莎一时不知说什么好，只是看着老妇人。

“……真是个孝顺儿子啊。”爱伊莎终于挤出这么一句。听爱伊莎这么说，老妇人满面笑容，点头表示赞同。

“是啊，他真的很孝顺，我很幸福。”

她口中的“孝顺儿子”，极有可能和“奥格达曙光”有关。看着老妇人笑眯眯的脸，爱伊莎心里很难受，语速很快地问道：“我想见见您儿子，向他打听一些事。您能告诉我他在藩都的住址吗？”

老妇人脸上突然露出不安的神色。爱伊莎刻意笑着说：“您别担心，不会给您儿子添麻烦的。”

老妇人松了一口气，表情缓和下来，告诉爱伊莎他住在阿绍罗街。

“我没去过。他跟我说，如果有什么紧急的事，就去阿绍罗街找他，那里有个广场，并排停着几辆运货的马车，很好找。你知道阿绍罗街吗？”

爱伊莎点点头。

“我知道，经过过。”

“那是个什么样的地方呢？肯定是条大路吧？”

“是的。”

老妇人似乎还想说些什么。爱伊莎微微低下头，礼貌道谢后离开。

牵着马回到广场的路上，爱伊莎被悲伤的情绪折磨。

给母亲家装上昂贵的玻璃，让母亲用上城里买的蜡烛，每次回家都带上皮夏尔。光靠卖稻草的收入，是不可能支撑这些开支的。他十有八九在背地里为“奥格达曙光”收集情报，获取报酬。

一旦被人发现他与“奥格达曙光”有牵连，势必被处以重罪。一想到这个老妇人，爱伊莎就不想把她儿子送上审判台。

四周黑了下来，只能隐约看见马的身影和轮廓。凉爽的晚风中，夹杂着家家户户飘出的晚饭的香味。鸟儿们鸣叫着，划过仅存一丝光线的天空，飞回巢穴。

爱伊莎突然感到很累，停下脚步，眺望昏暗的广场，感慨“好想回到秘密小屋，坐在火炉边的椅子上”。

牵起缰绳，香使的手镯碰到马具，发出当的一声。瞬间，奥拉姆的脸浮现在眼前，爱伊莎猛然回过神。

一想到错综复杂的情况，她就对寻找奥拉姆的事感到犹豫。所以，在内心深处，她或许一直在找一个能说服自己的理由，好让自己不采取行动。

爱伊莎握紧缰绳，翻身上马。

又起风了。迎着风，爱伊莎骑着马，向藩都疾驰而去。

·5·
生擒

虽然习惯了晚上骑马走山路，爱伊莎到达藩都已是深夜。

大道上还有没关门的酒馆，亮着灯，传出说话声。阿绍罗街沉浸在夜色中，一个人影也没有。几只猫受到马蹄声的惊吓，跳上围墙跑了。

爱伊莎很快找到了停放马车的地方。

这条路她以前走过一次，但当时并没有注意马车，所以这是她第一次仔细观察这个停放马车的地方。

门对面停着十几辆马车。马车上盖着防雨布，在夜色中看起来就像蹲着的巨兽。

从马上下来，脚踩在地上的时候，爱伊莎差点叫出声来。不光腰酸腿疼，后背也很疼。虽然作为香使，平时也经常骑马，可今天待在马背上的时间实在太长了。马儿也一脸疲倦，浑身是汗。“今天辛苦你了。”爱伊莎小声跟马儿道歉，摸摸它的脖子，把缰绳系在拴马桩上。

马车场的入口处没有大门，只挂了一根结实、粗大的横杆。

运货的马车很大，只要不出这个门就不会被偷走。一根结实的横杆也能有效防止盗贼。

爱伊莎捶了捶疼痛的腰腿，从横杆下面钻了过去。然后，她闭上眼睛，慢慢从并排停放的马车间走过。

风很大，盖在马车上的防雨布像在呼吸一样，一会儿鼓起来，一会儿瘪下去，发出啪嗒啪嗒的声音。

马车散发出各种各样的味道。爱伊莎一边闻味道，一边往前走，仿佛听见它们在述说今天干了些什么。

走到第三排时，爱伊莎突然停下了脚步。

有皮夏尔的气味！——还有另一种气味。

“奥拉姆！”

从这辆马车的车厢里飘出了奥拉姆的气味。虽然混杂着落叶、堆肥的味道，但爱伊莎很肯定那是奥拉姆的气味！

一种难以言喻的感动席卷全身。凭着皮夏尔这个微不足道的线索，竟然真的找到了奥拉姆。

马车还散发出各种气味。不光是车厢，车轮也散发出各种味道。爱伊莎闭上眼睛，仔细闻着这些气味。在气味的刺激下，一个个鲜活的场景浮现在她脑海中，随即又渐渐消失。突然，一个令她意外的场景出现在脑海里，爱伊莎不禁睁开了眼睛。

一棵巨大的恰萨树沐浴在午后的阳光下，熠熠生辉。

“藩王国总务厅？”

帝国派来的官员，负责管理奥格达的官员，处理藩王国的行政事务。藩王国总务厅接管了旧奥格达王国国王的别邸，用来处理公务。总务厅周围还保留着过去供王族休憩的庭园。

帝国派来的人因为工作的关系，经常要到那里去。爱伊莎也常去。

马车车轮发出的气味在爱伊莎脑海中唤起了这样一番景象：风吹过恰萨树的树梢，对面是一排仓库。恰萨树的根部种着小树，树上结着叫作托牡齐的红色果实。这个时节，红色的托牡齐被风吹落，和恰萨树叶混在一起，在地上铺了一层。

如果光是恰萨树的话，其他地方也有。然而，这个场景之所以如此鲜明地出现在脑海中，是因为恰萨树叶的气味里混杂了托牡齐果的气味。

难道奥拉姆被监禁在总务厅后面那排仓库里？

可是，帝国有很多的官员在那里工作。人员进进出出，还有很多认识奥拉姆的人。按理说应该不会把奥拉姆监禁在那样的地方。

这个气味刚留下不久。能闻得这么清楚，多半是今天才沾上的。

“在这里想这么多也没用。”爱伊莎心想。她转过身，小跑着从运货的马车间穿过，回到大街上。

藩王国总务厅附近也有一个他们的秘密住所。爱伊莎骑上马，想着让马在那里休息一阵，自己走去总务厅看看。

“再坚持一会儿，拜托了！”爱伊莎低声说。

马儿发出一声叹息似的声音，摇了一下头，往前走去。

月亮淡淡地照着江面和岸边的路。

藩王国总务厅后面有一条河，爱伊莎一边沿着总务厅的围墙走，一边半闭着眼睛，不停地闻着迎面而来的风里的气味。

深更半夜，进不了总务厅。可如果奥拉姆被囚禁在总务厅的仓库里，那么或许能借由风向，闻到他的气味。即使不能确定他究竟被关在哪间仓库里，只要能确定他在里面，明天白天就能找个理由进入总务厅，近距离查探他的具体位置。

风很大，从围墙对面吹来的风清晰地带来了墙内的气味。但风很不稳定，一旦碰到什么东西就会改变风向。爱伊莎想找个尽量靠近仓库且没有遮挡的地方，仔细分辨风中的气味，却迟迟没有找到合适的地方。

“……啊，是恰萨树。”

风里有恰萨树的气味。爱伊莎正这么想着，闻到了让她意想不到的味道，惊讶地停了下来。

“奥洛奇？”

没错！围墙内侧传来的是奥洛奇的气味。爱伊莎没有闻到他的狗的气味，他应该没有带狗来。

“原来奥洛奇也在找奥拉姆。”

爱伊莎松了口气。在追踪寻人方面，奥洛奇是个高手。既然他找到这儿了，应该会马上通知马修。

“可是……”

在秘密耕地那里，爱伊莎没有闻到奥洛奇和他的狗的气味。来这里的路上，也没有发现他的踪迹。这说明他是靠着别的线索找到这里来的。

风越来越大，树叶的声音越来越响。风拂过脸颊，爱伊莎表情僵硬起来。

风吹过那一瞬间，爱伊莎脑海中出现了几个人影，闻到了剑、弓箭和泛着油臭味的网的气味。

爱伊莎闭上眼睛，使劲闻。

风，不停变化着，很难找到准确位置。脑海中的人影不停晃动。可以确定的是围墙那边埋伏着几个武士。

从奥洛奇身上嗅不到一丝紧张的气息。难道这些武士是奥洛奇为了救奥拉姆带来的伙伴？

“不对！”

如果是那样，他们不需要带网。只要在“捕猎”的时候才需要网。——奥洛奇是他们的“猎物”！

而且，奥洛奇没有发现他们。

确定这一点，爱伊莎不再犹豫。她深吸一口气，用力吹响指哨——这是催奥洛奇“快跑”的信号。

指哨声划破黑暗，围墙那边的氛围顿时紧张起来。一切发生在瞬息之间。

前面的围墙上出现一根钩绳，随即有人影出现在围墙上。

为了防止有人入侵，城墙上插满了钉子，但人影手上戴着镶嵌了铁片的手套，灵活地避开钉子，转眼间翻过围墙，跳了下来。

落在河岸的路上往这边一看，发现是爱伊莎，奥洛奇露出惊讶的表情。

但他无暇和爱伊莎说话。

紧接着，两个男人像奥洛奇一样翻过围墙，跳了下来。

奥洛奇从腰带上抽出小飞刀，朝来人扔去。刀片刺入逼近奥洛奇身后的男人的右肩，男人随即倒地。

爱伊莎向奥洛奇跑去，擦身而过时，低声对奥洛奇说：“快跑！”

奥洛奇正准备回身迎战，一看有几个男人站在围墙上，便对爱伊莎说了声“对不住”，头也不回地跑了起来。

留下来打，两个人都会落到对方手里。跑的话，奥洛奇快得多。

听着奥洛奇远去的脚步声，爱伊莎挡在男人们面前。

她一点儿也不害怕，只有一种野兽被逼上绝路的紧迫感。男人们逼近爱伊莎。奥格达的武士喜欢用短刀，白色的刀刃在黑暗中隐约可见。

武士的气息近在咫尺。

爱伊莎拔出匕首，发力，刀刃相碰，一下、两下、三下。武士臂力惊人，每次相碰，爱伊莎的手都一阵发麻。即便如此，爱伊莎的动作仍快得令人眼花缭乱。她心里只有一个念头——“能拖一刻是一刻！”

好在岸边的路很窄，一边是围墙，一边是陡坡。在爱伊莎与那个武士缠斗的时候，其他男人无法去追奥洛奇。

武士的进攻越发猛烈，爱伊莎越来越吃力。手被汗水打湿，匕首打滑。武士挥刀进攻，爱伊莎举起匕首阻挡。就在此时，匕首从她手中滑落。

武士眼中一亮。

就在爱伊莎以为“完了”的时候，黑暗中响起一个声音。

“别杀她！活捉！”

眼前的武士旋即掉转刀头，用刀柄刺了过来。爱伊莎想躲开，无奈武士的动作快如闪电，没躲过去，胸口被刀柄击中。

身体里好像有什么东西破裂开来。爱伊莎猛地蹲下，抱着身体拼命喘息。一个男人抓住她的手腕，把她拎了起来。

“那个家伙呢？”

“尤基去追了，估计被他逃了。”

爱伊莎能听见他们的话，却无力思考。身体太疼了。

一股难闻的气味扑面而来。散发着难闻气味的布碰到她的脸，爱伊莎昏了过去。

·6·

奥格达藩王之母

在黑暗中，各种各样的气味出现又消失。

有皮夏尔的气味，有奥拉姆的气味。

身体不停地摇晃。耳朵撞到了什么硬物，很疼。爱伊莎醒不过来，那种疼痛随即也消失了。

不久，爱伊莎感觉全身都在晃。她从来没有被这么摇晃过，难受得想吐。一切好像都在梦中。

不知过了多久，等她终于清醒过来时，扑鼻而来的是一股从没闻过的腥臭味。

"……你没事吧？"

听到这个声音，感觉一只温暖的手拂过肩头，爱伊莎睁开了眼睛。

是奥拉姆。他背后好像有窗户，虽然因为逆光看不清他的脸，但爱伊莎能感觉到奥拉姆在担心她。

一看到奥拉姆的脸，爱伊莎放松了许多。

“我、没事。”

一开口说话，胸口一阵刺痛，爱伊莎的脸不由得皱了起来。

“哪疼？”

“胸口有点疼。被打了一下。已经没事了。”

见爱伊莎想坐起来，奥拉姆伸手扶了她一把。爱伊莎觉得脚上很重，看了一眼，发现脚腕上套着脚镣。脚镣上有条链子，拴在柱子上。奥拉姆也戴着脚镣。

高处有一扇窗户。阳光斜射进来，灰尘在空荡荡的空间里飘舞。

房间里有各种各样的气味。

最明显的是一股她从没闻过的腥臭味，还有鱼干的气味。

“这里是储存干货的仓库之类的地方吗？”

“是的。现在好像已经不用了。”

说完，奥拉姆换了个姿势，盘腿而坐。

“我们是昨天来的，你记得吗？”

“昨天？”爱伊莎惊讶地反问。

“是啊。——果然，你不记得。其间，你醒了几次，在负责监视的女人陪同下去了厕所，喝了汤和饮料。”

爱伊莎眨了眨眼，脑海中完全没有这些记忆。

“……我一点儿也不记得。”

“我猜也是。我和你一样。他们告诉我，在我彻底清醒之前，睁眼好几次，可我一点儿印象也没有。这药真是厉害。”

说到“药”，爱伊莎想起昏过去前闻到的那股恶心的气味。

“他们也对你用那种药了？”

“嗯。被抓住的时候，一闻到那个气味，我就昏过去了。你每次醒来，他们都会喂你喝点什么，多半也是这么对我的吧。”

说着，奥拉姆叹了口气。

“说起来，在这里醒来看到你，我很惊讶。你是在哪里，因为什么被抓的？”

不能说是为了找他被抓的。一时间，爱伊莎不知道该怎么回答，只好不说话。奥拉姆似乎觉得爱伊莎有什么难言之隐，不能对身为新卡修加家族香使的自己说。

“嗯，如果是不能对我说的事，你别在意。我不该问的，抱歉。”

“谢谢。”爱伊莎低头向奥拉姆表示感谢。然后，她抬起头看着奥拉姆。

“我不知道这么问合不合适，您为什么……”

奥拉姆没有马上回答。就在爱伊莎以为“他不会回答了”的时候，奥拉姆眼里浮现出坚定的神情。

“想请你帮个忙。”奥拉姆压低声音说。

“我可能出不去了，但你有可能获救。如果能离开这里，我想请你告诉尤吉尔大人‘正在发生一件可怕的事’。”

奥拉姆竹筒倒豆子般说了起来：他在亚拉村发现了一块秘密耕地，那里离奥乐稻田很近，但不知为何小麦却能够生长。

“为什么会这样？如果奥格达藩王国拥有了那样的技术，很可能动摇帝国的根基……”

有人向他们走来。刚才，爱伊莎就闻到了他们的气味。

她很想跟奥拉姆说“别说了”，可这样就必须说明她怎么知道有人来了。就在她踌躇之际，背后传来开门声，三个魁梧的武士和一个女人走了进来。

两个武士在门边拔刀摆好姿势，另一个武士和女人走了过来。武士拔出刀架在奥拉姆的脖子上，摆出随时能够砍下他脑袋的架势，对女人点了点头。

女人手里拿着钥匙，蹲下来，麻利地打开奥拉姆和爱伊莎的脚镣。

然后，对他们说：“把两只手伸出来。”

奥拉姆和爱伊莎按照女人说的做了。她熟练地给两人套上手镣。

戴上手镣后，女人放下肩上的绳子，套在奥拉姆和爱伊莎的脖子上。

在门边待命的武士见状，走过来牵起两人的绳子往外走。

风从开着的门外吹进来。全身都感受到那股风的味道，爱伊莎不由得停了下来。

“快走！”

武士强横地说完，用力拽了一下绳子。爱伊莎只好往前走。

一走出大门，炫目的光线将他们包围。

“……”

有生以来，她第一次看到这样的风景。放眼望去，蓝色的水面延伸向无尽的远方，波浪翻腾着朝这边涌来。

“波浪？”

虽然知道那是波浪，但水面翻腾，浪花拍打而来的景象，让爱伊莎感到心惊，其中蕴藏着湖水形成的波浪无法比拟的力量。

“这，这是什么？”

爱伊莎忍不住问奥拉姆。奥拉姆惊讶地看着爱伊莎。

“‘这’是指？”

“眼前看到的东西。”

奥拉姆“哦”一声，说：“你没见过啊。这是大海。”

“大海……！”

第一次亲眼看到人们口中所说的“海”是什么样，爱伊莎受到了极大冲击。

香使不到海岛上去。

因为奥乐稻虽然耐寒、耐病虫害，但经不起海风吹，在海边种了也会枯死。

帝国版图内的海岛上不种奥乐稻，所以无须提供指导，也无须进行监视。

乌玛鲁帝国本土虽然也有临海区域，但没有适合人类居住的岛屿。

在帝国的疆域中，只有奥格达藩王国有能住人的海岛。

与奥格达相邻的马扎利亚王国疆域广阔，但它并不是乌玛鲁帝国的藩王国，而且奥格达领域内的岛屿少有平地，没有不受海风影响、可以种植奥乐稻的地方。

所以，没有见过海的不仅是爱伊莎，很多香使也没有见过。

“喂！快走！”

武士粗鲁地拽了一下绳子，爱伊莎差点往前栽倒，迈步走了起来。

从海上吹来的风虽然散发着与干货不同的腥臭味，但又有一股清爽的味道。

脚下是白色的沙地，绵延向远方。太阳光反射在白沙上，刺得人眼睛发疼。沙沙，爱伊莎往前走着，沙子随着她的脚步往下塌陷。

爱伊莎被拉扯着爬上沙丘，站在沙丘顶上，下方的小镇尽收眼底。家家户户的墙都是白色的，屋顶是平的，看上去就像并排着的白色箱子。沙丘与小镇之间种植着绿树。一棵棵绿树向小镇的方向倾斜着，像佝偻着腰的老婆婆。

小镇不远处有一座城堡。

看见城堡塔楼上飘扬的旗帜，奥拉姆喃喃道：“……吉拉姆岛的王旗。”

“这里是吉拉姆岛啊！”

虽然不像奥拉姆那么见多识广，但爱伊莎也知道吉拉姆岛在哪里，它的领主是什么样的人。

爱伊莎心里暗道不妙，看着奥拉姆。奥拉姆眼里也透露出同样的想法。

往城堡走的时候，一阵奇怪的香味扑面而来，爱伊莎很震惊。

一闻到这个气味，爱伊莎被强烈的恐惧笼罩着，就像心脏被一只大手紧紧攥住了一样。

那是一种无法用语言描述的恐惧。爱伊莎害怕地踉跄了一下。

“你没事吧？”奥拉姆问。

“……没事。”

好不容易挤出这两个字，爱伊莎咬紧嘴唇继续往前走。过了一会儿，他们走进了城堡里。

从明亮的户外走进城堡里，眼前一黑，有一瞬间什么也看不见。

在黑暗中，那种令人恐惧的气味像烟雾一样翻滚着扑面而来。

或许是感觉到爱伊莎的脚步变慢了，武士不耐烦地拉了拉绳子。爱伊莎不得不加快脚步。

不久，二人被带到一个房间前面。

“属下把他们带来了。”

武士话音落下，门从里面慢慢打开。

那股气味猛地变浓了。

这是一间宽敞明亮的房间。房间的左侧朝向外面，灿烂的阳光从镶着昂贵玻璃的大窗户射进来。或许是因为玻璃太厚，看不清外面的景色。

窗边站着一位娇小的贵妇人。

“到这边来。”

贵妇人柔声说道。武士们马上向她走去。

奥拉姆和爱伊莎被带到距贵妇人有一定距离的地方，肩膀被武士粗暴地抓住。贵妇人慢慢转过身来。

虽然从看到旗帜的时候就知道，可近距离看到那张脸，还是感到一股寒意向全身蔓延。

“你……”

奥拉姆还没说完，贵妇人就微笑着说：“是的，‘奥格达曙光’是我一手创立的。”

“见到我，知道了这个秘密，恐怕性命难保。你心里是这么想的吧。”

半白的头发梳得很整齐，头上戴着一个不华丽却很昂贵的发饰。这位贵妇人就是米莉雅·奥格达——吉拉姆岛的领主，奥格达藩王阿古亚的母亲。

奥格达由几个岛屿组成，每个岛都有领主，彼此之间一直在争夺霸权。后来，米莉雅的父亲马拉古亚统一了奥格达。

在入赘的丈夫去世后，米莉雅把儿子阿古亚培养成了优秀的继承人，在阿古亚成为奥格达之王后，仍在背后不断支持着他。时至今日，即使奥格达已经成为藩王国，她对这个国家的政治依然有很大的影响力。

“你不用担心，我没想过要你的命。这是个美丽的岛屿，一辈子生活在这里绝不是什么坏事。”

在米莉雅的眼神示意下，武士走上前，解开了爱伊莎和奥拉姆脖子上的绳子。

“我很想把你们的手镣也解开，可万一你们把我当成人质，折腾一番的话就麻烦了，所以还是请你们先这样待着吧。”

武士们守在爱伊莎两人身后，手按在刀把上。

奥拉姆再次开口说：“掳走香使代表着什么，我想你很清楚，为什么要铤而走险这么做？”

他的声音有些沙哑，但十分坚定。

米莉雅淡淡地说：“当然是因为有必要这么做。我一直在寻找掳走高级香使的机会，没想到能抓住发现了秘密耕地的你，真是幸运。”

奥拉姆皱起眉头。

“幸运？加害香使等同谋反。帝国应该已经在全力追查我们的行踪了。你身为藩王之母竟然做出这样的事，奥格达……”

“你们的行踪啊……”没等奥拉姆说完，米莉雅就打断了他。

“我应该祈祷找你们的人不要追踪到这里。我们也早有防备。如果发现他们有往这里来的迹象，那就只好请你们消失在海底了。”

说着，米莉雅高贵的脸上浮现出笑容。

“我们是大海的子民。大海是我们的依靠。在什么位置，有什么样的洋流；潮水如何变化，这些我们都很清楚。我们扔进海里的东西，绝不会漂到海岸边。”

从窗外射进来的阳光照得她的头饰闪闪发光。

“只要找不到你们，就算帝国再怎么蛮横，也没法证明我们掳走了香使。”

“……”

爱伊莎几乎没有听到两人说的话。

窗外飘来的那股气味——那已经不能是说一种气味，更像是一块厚厚的毛毯，紧紧盖住了她的脸，使得她无法呼吸。

发现爱伊莎脸色不对，米莉雅问道：“你没事吧？”

“不是说现在就要杀你们，你可别倒下啊。”

爱伊莎茫然地看着米莉雅，反问道。

“……你在说什么？”

米莉雅挑了挑眉毛。

“药效还没过吗？”

爱伊莎摇了摇头。

她已经知道窗外有什么。事到如今，不难想象为什么会在这里发生那样的事。只是，她不明白，他们是怎么做到的。

爱伊莎盯着米莉雅，问出了心中所想的问题。

“您创建‘奥格达曙光’是为了拯救奥格达人民吗？”

面对突如其来的问题，米莉雅用试探的眼神盯着爱伊莎看了好一会儿。

“是的。”米莉雅答道。

“您想怎么做？”爱伊莎问道。

米莉雅目不转睛地看着爱伊莎，接着迅速转身走近窗户，用力推开窗。

看到窗外的景象，奥拉姆倒吸了一口气。

·7·

海风中的奥乐稻

放眼望去，开阔的窗户外，奥乐稻的金色麦穗随风摇曳。

这里的奥乐稻比常见的奥乐稻大一圈，稻穗也更大，在海风吹拂下沙沙作响。

“怎么会！在靠海的土地……”

奥拉姆脸色刷白，喃喃自语。

米莉雅接过他的话：“种不活奥乐稻？不，如你所见，能种活。”

奥拉姆盯着奥乐稻，摇摇头。

“不可能！我亲眼见过很多次，在什么样的土地上都能生长的奥乐稻，一旦被种在海风能吹到的地方，就会发黑枯萎。”

米莉雅面露微笑。

“是的，会枯萎——按照你们教的那样施肥的话。”

体会到米莉雅这句话的深意，奥拉姆一脸惊愕。

“难道！”

“就是你想的那样。”

米莉雅走到窗户边，手扶着窗框。

“它们是偶然的产物。我忘不了那天下午。

“我手下的船长慌慌张张地跑进城堡里来，说‘种在西边入海口海滩上的奥乐稻成熟了！’

“起初，我的反应也是‘怎么可能！’。奥格达有很多岛屿，如果在靠海的地方也能种奥乐稻就太好了。为此，找你们香使商量过，你们只是笑着说‘不可能’，根本不当一回事。”

奥拉姆沉默地看着米莉雅的侧脸。

“还得感谢你们香使不来，没人监视我们。

“海风的确会使田地盐碱化，但只要花功夫也能种植作物。我心想：‘真的种不出奥乐稻吗？’挑选了出色的农夫，让他们尝试在岛上能不能种出奥乐稻，但是如你们所说，稻子总是枯萎。”

海风拂面，吹动米莉雅的发丝，吹得奥乐稻沙沙作响。

“看到生长在西边入海口海滩上的奥乐稻，我开始思考眼前的奥乐稻和帝国赐予我们的奥乐稻有什么不同。

“海滩上的奥乐稻应该是用帝国赐予的稻种尝试种植时，从入海口运来的途中撒落在半路上的稻种发的芽。也就是说，和我们费尽功夫却没有种出来的水稻用的是一样的稻种。那么，撒落在海滩上自然生长出来的奥乐稻，与按照香使的教导培育出来的奥乐稻有什么不同？”

“……”

米莉雅回过头，看着奥拉姆。

“是肥料，帝国下发的肥料。”

米莉雅眼中闪着强烈的光芒。

“看到海滩上自然生长的奥乐稻，我想，决不能让那些用骗术来控制其他国家的人为所欲为！”

奥拉姆神情严肃，摇了摇头。

“您误会了，我们并没有通过骗术让大家使用肥料。

“十分惭愧，我原来并不知道，但奥乐稻拥有顽强的生命力，或许自然生长的奥乐稻在海边也能存活。但这些是‘撒落的奥乐稻’，不能食用。

“野生的奥乐稻有很强的毒性。一直以来，我们用肥料去除毒性，让人们能够安心地食用。”

米莉雅盯着奥拉姆看了一阵，眯缝起眼睛。

“你真的不知道？”

“嗯？不知道什么？”

看着奥拉姆讶然的表情，米莉雅叹了口气。

“如果不是你演技超群，就是你真的不知道。

“原来如此。香君宫和富国省甚至没有告诉香使真相。也对，这也是个好办法。毕竟越多人知道越危险。”

奥拉姆眼中浮现焦躁之色。

“您说我不知道，不知道什么？”

焦躁中夹杂着不安。

米莉雅平静地开始述说：

“帝国不可能没有发现我们用鸟粪石秘密尝试生产肥料。我们想看看帝国会有多激烈的反应。最终的处罚虽然严厉，却没有我们想的那么严重。

“得知帝国把奥约玛虫害的暴发归咎于我们私自生产肥料时，我不得不佩服这招用得好。不过，就算帝国有很多聪明人，也不可能在我们一开始尝试生产肥料时，就预测到将来会暴发虫害吧。如果预测到了，不可能只是告诫一番，不顾我们这样做危害到帝国的可能。——看起来严厉，某种意义上并不太强烈的反应，暴露了一个事实。”

米莉雅眼神冷漠。

“你不觉得奇怪吗？如果我们能独立生产肥料，后果应该很严重，帝国却没有立刻通过严厉的惩罚阻止我们，这是为什么？香君宫和富国省为什么都不着急？”

“……”

“那是因为就算我们可以独立生产肥料，帝国也没有必要恐慌。”

奥拉姆的脸皱了起来。

“可能是您过虑了。不知道配方的人就算进行尝试，也生产不出品质符合要求的肥料。所以，听说奥格达偷偷尝试生产肥料时，我们也有些吃惊，但并没有感到恐慌。

“不过，私自生产肥料说明有背叛帝国之意。这对帝国而言是不可饶恕的事，而且藩王国但凡有任何谋反的蛛丝马迹都不能等闲视之。”

米莉雅面露苦笑。

“如果你是装的，不得不说你演技真好。”

米莉雅摇了摇头，接着说：

“我说帝国并不害怕，是因为就算能生产肥料，对我们来说一点好处也没有。”

“……”

“刚才你说，野生的奥乐稻毒性很强，施肥是为了抑制毒性，好让人们能够食用。确实如你所言。

“施肥不是为了让奥乐稻生长，而是为了控制它——抑制它的生长。”

奥拉姆一脸惊讶。

“……是的，虽然措辞不同，但我们也一直是这么说的。——施肥是为了减弱奥乐稻的毒性，使它们健康地生长。这并不是什么秘密。”

寒光从米莉雅眼底闪过。

“是啊，你说的没错。这就是人们常说的‘灯下黑’。不得不说这真是个高明的骗术啊。所以，一直以来，谁也——就连你们香使也没有起疑。”

米莉雅叹了口气，说：

“但是，你们告诉我们的这些话背后隐藏着一个巨大的谎言。”

奥拉姆眉头紧皱。

“巨大的谎言？”

“是的。”

“谎言是指？”

“肥料的用量，你们说的最佳用量。你们告诉我们肥料的用量有一个‘最低下限’，一旦少于这个量，种出来的奥乐稻就不能食用。

“你试过吗？试过用少于‘最低下限’的肥料来种植奥乐稻吗？”

奥拉姆似乎被打了个措手不及，呆若木鸡。

爱伊莎内心也受到了巨大的冲击，心想：“少于‘最低下限’……！”

没试过这么做。试过很多次增加肥料的量，从来没试过将肥料减少到少于“最低下限”。

像奥拉姆这样的香使自然不会去改变规定好的“最佳施肥量”。因为这样的尝试对香使来说并没有意义，而且最佳施肥量是被称为活神的第一代香君制定的，怀疑它就是对香君不敬。虽然根据种植地区的条件，会对肥料的用量进行微调，可就连调整成多少都已经规定好了。

但是，让爱伊莎感到震惊的是，一直在探究肥料的秘密的自己，在此之前竟然从来没有怀疑过所谓的“最低下限”。

“虽然你们也许看不上我们，但我们绝非无能之辈！”米莉雅说。

“你们很难想象在海风吹拂、土地贫瘠的海岛上生活有多么辛苦。因为收获的谷物不足以养活百姓，我们一直依靠贸易来维持百姓的生计。”

午后的阳光照在米莉雅脸上。被阳光照亮的半边脸白里透红，看上去比实际年龄要年轻得多，可被阴影笼罩的那半边脸上却刻着她这个年纪该有的、深深的皱纹。

“在岛上种植谷物是我们多年来的梦想。因此，我把有能力的年轻人派往邻国马扎利亚王国去学习种植技术。马扎利亚是一个海洋王国，整个国家都受到海风的影响。身处这样的环境之中的国家，有很多值得我们学习的技术。”

米莉雅脸上闪过一丝微笑。

“我没有把他们派到帝国所属的藩王国去。乌玛鲁帝国统治下的藩王国只种植奥乐稻。关于这种一受海风影响就无法成活的稻子的种植技术，学了也没用。”

笑容从米莉雅脸上消失了。

“那些年轻人从马扎利亚学成归来后，重新调查了奥乐稻专用的肥料。他们对我说‘这种肥料很奇怪，和普通的肥料有很多不同之处。最奇怪的是，它的含盐量很高’。”

米莉雅用炯炯有神的眼睛看着奥拉姆。

“肥料里含有大量月蓟草。竟然是月蓟草！它的含盐量很高，很咸，甚至可以代替盐用来调味。奥乐稻对海风、对盐分十分敏感，为什么要在肥料里加盐？只能是为了抑制它的生长吧。”

奥拉姆一脸茫然地看着米莉雅。米莉雅嘴角紧绷。

“于是，我们把肥料中的盐分去除，把施肥量减到‘最低下限’以下，奥乐稻成熟了！在肥料中含有盐分的基础上，再加上海风中的盐分，盐分太高，奥乐稻就会枯萎。——所谓的‘在海风影响下不能种植’，其实是这么一回事。”

“……”

“但是，这种奥乐稻就如你们所言，毒性太强，不能食用。”

叹了口气，米莉雅说。

“盐分要减少多少？肥料要减少到多少合适？经过一次又一次尝试，我们终于种出了能在海风中成长，并且能够食用的奥乐稻。这种稻子不仅能吃，如你们所见，比普通的奥乐稻大一圈，收成也比普通的奥乐稻高得多。”

米莉雅眼底放光，面露冷笑。

“我们找出来的‘最佳施肥量’，比你们说的‘最低下限’还要少。”

奥拉姆一脸震惊。

米莉雅厉声说：

“你们知道这意味着什么吗？帝国说为了让藩王国富裕起来，赐予我们奥乐稻，实际上却在操控奥乐稻的产量。以免藩王国靠自己的力量不断提高产量，增强国力！”

爱伊莎咬紧嘴唇，在心里说："不是的！"

第一代香君之所以抑制奥乐稻生长，一定有别的原因。

可是，现在她不能告诉米莉雅这些。如果把奥乐稻的秘密告诉她，不知道会对藩王国和帝国的关系产生什么样的影响。

"可是……"

爱伊莎眉头紧皱。

强烈的震撼让她全身发抖。

她心想："如果把肥料减少到第一代香君规定的'最低下限'以下，种出的奥乐稻能够食用是真的，那么'最低下限'恐怕是保证奥乐稻不含毒性的警戒线吧？"

奥乐稻遇到某种严重的问题变得虚弱，需要暂时减少施肥量。尽管如此，肥料用量也不能比这个量更少了，所以第一代香君规定了"最低下限"。在帝国的历史上，为了扩张领土，减少了肥料的用量，以此增加奥乐稻的产量。但就算是这样，也一直严格遵守着"最低下限"的规定。

长久以来，大家一直被教导如果肥料用量少于"最低下限"，奥乐稻毒性就会增强，导致种出来的米不能食用。就连塔克大叔他们也这么认为。

"可是……"

爱伊莎将目光转向窗外茁壮成长的奥乐稻。

如果这种稻子能吃的话，"最低下限"就不是为了减弱毒性设置的最低用量。

那么，第一代香君为什么要规定“最低下限”，并要求所有人严格遵守?

米莉雅严肃地看着奥拉姆，接着说:

“看见在海风中被稻谷压弯了腰的奥乐稻，我们欢呼雀跃，以为终于看到了希望。可是，这希望犹如昙花一现，很快就暴发了奥约玛虫害。”

“……”

“对奥格达而言，奥约玛虫害的暴发代表着危机的到来。”

米莉雅闭上眼睛，随即又睁开，说道:

“当我亲爱的儿子阿古亚提出要归顺乌玛鲁帝国时，我提出了反对意见。我一次又一次劝他说‘奥乐稻虽然很有吸引力，可单纯依赖一种作物太危险了’。

“可阿古亚没有听我的。因为根据学者们的预测，光是在内陆地区种植奥乐稻可能获得的受益，就远远超过奥格达多年来获得的各项收益的总和。

“阿古亚说依赖奥乐稻虽然很危险，但这对一直以来只能依赖大海生存的我们来说并没有什么差别。在不知道什么时候就会狂风暴雨大作的大海上，依靠贸易生存，这样毫无保障的日子我们不也熬过来了吗? 只要能得到奥乐稻，就算海上风暴导致船队沉没，我们也能养活百姓。

“他说的没错，而且归顺乌玛鲁帝国所要承担的义务也在我能够接受的范围内，所以我最终支持了阿古亚做出的判断。”

米莉雅长长地叹了口气。

“虽然事到如今说这些也没用了，可我那时没有考虑到奥乐稻会使人口增加多少。”

米莉雅的话让爱伊莎回过神来。

“人口……”

耳边回响起马修对她说过的话。

“奥乐稻使人口增加。改吃奥乐稻以后，人口明显增加。

“一方面可能是因为人们不再挨饿，吃得多身体健康，对生孩子这事不再犹豫。可即便如此，人口增加的速度也太快了，快得异常。”

“吃奥乐稻的地方，人口不断增加。”

爱伊莎心想奥乐稻果然有改变生物的力量，就像约玛吃了奥乐稻变成奥约玛一样。

米莉雅摇着头说：

“孩子虽然多了，可奥乐稻能够养活大家，所以谁也没有多想，反而觉得这是好事。可我应该意识到其中隐藏的危险的。

“遭遇奥约玛虫害后，奥乐稻歉收。如今，我们光靠原有的产业已经养不活膨胀的人口。

用奥乐稻的稻草喂养的牛、猪长得很大，肉质鲜美，产崽更多。可把饲料换回牧草后，产崽量马上降低，肉质也变差了。

而且，种过奥乐稻的地方不能种植其他谷物。——现在，我们无法生产足够的粮食，来养活比以前多得多的人口。”

米莉雅愤怒地看着奥拉姆。

“就算这样，我们还是必须交税给帝国。手里所剩不多的粮食，我们不能给嗷嗷待哺的孩子们吃，必须送到帝国去！”

“……”

“如果不经过战争就归顺帝国，保证赐予你们奥乐稻和富裕稳定的生活。——正是相信了这些话，我们才归顺帝国的。

“可实际上奥乐稻的收成被巧妙控制着。因为接受奥乐稻，反而害得百姓挨饿。这种时候，帝国不仅没有伸出援手，还把责任推到我们头上，眼睁睁看着藩王国的百姓挨饿。”

米莉雅的语气很平静，她的话却掷地有声。

“其他藩王国都睁大眼睛看着帝国是怎么对待奥格达的。——看藩王国陷入危机时，帝国会采取什么样的态度。”

奥拉姆僵着脸，看着米莉雅，说：

“这次奥格达陷入危机是自作自受。这一点其他藩王国都很清楚。”

米莉雅面露苦笑。

“你是因为别无选择，只能这么说？还是因为真的相信事实如此？但是，奥约玛的暴发和我们生产的肥料无关。”

“……”

“我们生产的肥料只用在了有限的一些地方。奥约玛最早可是出现在施了你们给我们的肥料的田里。”

“嗯！”

看见奥拉姆眼中藏不住的震惊之色，米莉雅说：

“你们做好准备吧。奥格达和帝国本土接壤，帝国本土的百姓很快就能目睹奥乐稻上爬满奥约玛的景象了。

“到那时，富国省的大人们会把这一切归咎于我们，以化解百姓的不满吧。可是，就算能把愤怒的矛头指向我们，也改变不了受灾面积不断扩大的事实。——帝国的百姓也会看到全国的奥乐稻都化为灰烬的光景的。”

眼见奥拉姆陷入沉默，愕然无措地看着自己，米莉雅平静地说：

“你想拯救自己国家的百姓吗？”

“……”

“如果你想救他们，就助我一臂之力吧。”

奥拉姆眨了眨眼。

“帮你？我，帮你？”

“是的。”

米莉雅微笑着，把视线转向窗外。

“现在你们看到的这些，正是拯救百姓的‘希望之稻’。”

·8·

奥洛奇的报告

听见开门声，马修起身迎接拉奥。

“让你久等了。”

拉奥的声音有些嘶哑。他在平时常坐的椅子上坐下，叹了口气。

考虑到老师已经很疲倦，马修低头行礼，只问了一句：

“兄长怎么说？”

拉奥又长叹了一口气，答道：

“嗯，和你想的一样。”

“暴发了奥约玛虫害的尤格世纳地区的奥乐稻就不用说了，和它接壤的地区的奥乐稻都要彻底烧毁。免除这些地区的租税，发放适量的帝国的储备粮给他们，以免百姓挨饿。除此之外，伊尔考虑到方方面面，提出了周全的策略。皇帝陛下说他会认真考虑。”

马修眼神暗了下来。

“太明显了。”

拉奥点了点头。

“这一点我也对皇帝陛下说了。

“如果按伊尔的策略行事，对帝国本土的尤格世纳和藩王国奥格达采取的措施差别太大。奥格达已经有很多人饿死，今年恐怕还有不少人会饿死，一旦知道受到这么大的区别对待，会激起更大的民怨。如果要救尤格世纳，也必须同时公布救助奥格达的措施。”

“但是，兄长不赞成？”

拉奥又点了点头。

“没有说反对，但是说要等一等。他说就算奥格达不是引起这次灾难的罪魁祸首，我们也必须慎重考虑对它采取什么措施。”

“话虽如此，但我们不能花太多时间。奥约玛并没有出现在与奥格达接壤的卡西玛地区，而是出现在了离奥格达很远的尤格世纳。

“奥格达的藩王不可小觑。一旦他知道这个事实，就会以此为据证明奥约玛虫害的暴发并非他们的过错，并将这个消息传达给各个藩王国，帝国也不能因此谴责他。”

拉奥说：“尤吉尔也是这么说的。”

马修惊讶地抬高了眉头。

“尤吉尔？”

“嗯。”

拉奥点了点头，脸上露出一丝微笑。

“被他父亲喝止后，退了下去。就算惹他父亲不高兴，他还是说出了自己该说的话。尤吉尔真是成长了。看来目睹奥格达的惨状，对他产生了很大的影响。”

“是啊。”

得知在伊尔的严格管教下长大的尤吉尔，能够为藩王国百姓着想，鼓起勇气为他们说话，马修的表情变得柔和起来。

看见马修的表情，拉奥说：“如果你出席了会议，说不定讨论的方向会有所不同。”

马修摇了摇头。

“不管我说什么，兄长肯定不会接受。”

“嗯，皇帝陛下也知道这一点，所以才没有叫你参加今天的会议吧。陛下似乎有事想直接问你，近日应该会召见你。”

拉奥端起桌上的茶，一饮而尽。

“……可是，尤格世纳……”拉奥低声说。

“果不其然，奥约玛虫害可能在任何地方暴发。”

“而且，接下来速度会越来越快。看奥格达的情况就知道，只把暴发地区的奥乐稻烧光已经不管用了。如果奥约玛虫害在尤伊诺平原的稻种产地暴发的话，后果不堪设想。兄长应该也知道这一点……”

就在这时，门外响起铃声。

“什么事？”拉奥问道。

“奥洛奇 · 穆亚来了，说有急事找马修大人。”

马修与拉奥对视了一眼。

马修正要站起来，拉奥拦住了他。

“就在这里说吧，我也想知道他为什么事来的。”

马修点点头，对门外的人说：“让他进来吧。”

奥洛奇走进房间，神情焦灼。

他满身大汗，衣服上是没干的汗渍，长靴沾满了泥。

“很抱歉这副样子来见您。”气喘吁吁的奥洛奇低下头说。

拉奥看着他说：“不碍事。到这边来，先坐下吧。”

然后，他对门外的侍从说：“去端点喝的来。”

“不用了！”奥洛奇伸手阻止。

“劳您费心。我不需要喝的。”

看他的表情似乎有话要说，拉奥点了点头。

“不用送喝的了。先别让人进来。”

“遵命！”

侍从说完，关上了门。

确定侍从的脚步声远去后，马修转向奥洛奇。

“出什么事了？如果是奥拉姆的事，我接到飞鸽传书，已经知道了。”

奥洛奇边调整呼吸，边开口说：“爱伊莎被抓走了。”

拉奥不禁高声说：“你说什么？怎么回事？被谁抓走了？”

奥洛奇瞄了马修一眼，见马修点头，开始说了起来。

“事情是这样的。我接到马修大人的命令，前去探察奥格达的藩王国总务厅。

“因为有几次‘奥格达曙光’行动时，我们发现光靠奥格达人的情报网打听不到的消息被泄露了出去，所以怀疑有乌玛鲁人当了内奸。

“我让部下多方探察，还是马修大人告诉我很可能是藩王国总务厅的人。于是，我集中精力调查了几个人后，发现和‘奥格达曙光’勾结的是草药与香料管理部的负责人。”

“……果然是托亚鲁？”

马修说完，奥洛奇点了点头。

“是的。我们发现他利用常和他来往的商人干了些奇怪的事，就派人去监视他。发现等大部分人离开总务厅后，有运货马车到达仓库，一个被席子裹着的大件货物被运了进去。

从时间来看，这事明显不对劲，所以我准备等晚一些再进去探察一番。入夜后，我再次返回仓库，但是我犯了个大错。”

奥洛奇神情一肃。

“我监视仓库的事被发现了。对方设了个圈套，我没发现，一脚踩进了陷阱里。

“就在我差点被抓住的时候，墙外传来了指哨声，提醒我快跑。”

“是爱伊莎吗？”马修低声说。

奥洛奇点了点头。

“不知道爱伊莎为什么会在那里出现，是她救了我。我想救她，可敌人实在是太多了……”

奥洛奇脸色唰的一下变白了，咬紧了牙关。

马修摇了摇头。

“你选择先跑是对的。”

“她应该是在追踪奥拉姆。”马修心里想。

爱伊莎知道奥拉姆在秘密耕地被抓，想设法救他。

突然，他想起往事，想起当她告诉丘库齐他被人下毒时的神情和声音。

就算是敌人，她也不会见死不救。——马修知道她就是这么个姑娘。

“我明知她会去寻找奥拉姆的下落……”

因为一心想着如何处理帝国本土暴发奥约玛虫害的问题，没有及时想办法去找奥拉姆，此刻，马修对此感到无比懊悔。

“为什么不用信鸽送信来？”马修问奥洛奇。

“非常抱歉，到鸽舍去太浪费时间了。爱伊莎被抓时，我逃了出去，随后立刻让手下的人分头行动，去监视‘奥格达曙光’的人，看他们跟谁联系，准备把人送到哪里去。”

拉奥身体往前探了探。

“找到了吗？爱伊莎被带到哪里去了？”

“有两个地方可能性很大。”

“哪里？”

“两个都是小岛。一个是亚里亚纳岛，另一个是吉拉姆岛。

“掳走香使是大罪。奥格达人是大海的子民。比起把人藏在内陆地区，我想他们会把人藏到岛上，更不容易被发现。”

奥洛奇说和“奥格达曙光”打交道的人说明天一早，有货船出发前往这两个岛。听他说完，马修用手指咚咚敲了敲桌子。

“奥洛奇。”

“在。”

“有件事需要你去办。”

“您尽管吩咐。”

·9·

吉拉姆岛

树叶沙沙作响。

吉拉姆岛比内陆地区热。海风宜人，但吹得身上黏糊糊的很不舒服。

菜园里，烈日当头。农妇们毫不在意，在菜园的各个角落围坐成一圈，你说我笑，十分热闹。

爱伊莎和奥拉姆受不了这么毒的阳光，吃午饭的时候，大多躲在亭子里。

不管是在菜园里，还是在小屋里睡觉的时候，都有几个武士在监视他们。好在，手镣和脚镣已经被摘掉，伙食也很不错。

可爱伊莎夜里还是睡不着，就算睡着了也会频频醒来。

“接下来会怎么样？”这样的不安如影随形，时刻刺痛着她的心。

对吉拉姆岛的情况，她有了一些了解。待监视的人放松警惕，或者能找到一条逃出去的路，可这需要很长时间。

每当想起奥洛奇说着“对不住”飞奔而去的身影，爱伊莎心里总会升起一丝“马修或许会来救我”的希望。但很快，她又会冷静下来，告诉自己就算是马修也很难在这种情况下把他们救出去。

况且，就算他能找到这个岛上来，还有奥拉姆的事。

想到自己和马修正在做的事，眼下这样或许是最好的结果。——奥拉姆能保住性命，也不会把秘密耕地的事告诉伊尔·卡修加。

奥拉姆和她能活着，一直在这个岛上待下去，或许是最好的结果。

虽然一次又一次告诉自己“只能这样了，别想那么多了”，可她还是很担心。

奥拉尼村的秘密耕地刚开始耕种，如果不能成功，奥拉尼村的人怎么办？一想到这里，爱伊莎就觉得胸口沉甸甸的，像压了块石头。她也很担心其他村子。每每想起那些刚刚出生的婴儿和那些和蔼的老奶奶的脸，她就觉得坐立难安。

可能米吉玛会掩饰自己的真实面貌，代替她做接下来的事。可每个人的脸都有一些特征，像米吉玛这样常年在各地巡回，被大家熟知的高级香使，被发现的风险也更高。

她还很担心弟弟和乌查爷爷。如果她一直下落不明，他们会很担心，很难过吧。

只是，在种种忧虑背后，也有一个完全不同的想法在她心底萌发。

随着时间的流逝，这个想法非但没有消失，反而越发强烈。

当米莉雅打开窗户，望着在海风中摇曳的奥乐稻时，当爱伊莎看着她凝神眺望的侧脸时，心底产生了这样的想法。

“您不吃吗？”

奥拉姆出神地望着菜园，午饭一口没动。听见爱伊莎的话，恍然回过神来，“啊”了一声，端起了盛着鱼汤的碗。

白色的鱼肉和鱼骨一起熬成的鱼汤表面上漂着一层黄色的油脂。第一次看见的时候，爱伊莎心想：“不会很腥吗？”小心翼翼地尝了一小口，发现汤里有柑橘类的水果的香味和酸味，一点儿也不腥。

岛上有一种叫纳浦的大树，把它的果实对半切开，便能看见桃红色的果肉。纳浦的果汁酸酸甜甜，把它加进鱼汤里，汤汁别有一番风味。

把用芋头粉做成的薄饼，泡在鱼汤里一起吃，是岛上人最常吃的午饭。

凉了的鱼汤上凝了一层薄薄的膜。奥拉姆把薄饼泡进汤里，一言不发，默默地吃着。吃完以后，他叹了口气。

他经常叹气。

听了米莉雅说的话，亲眼看见在海风中成长起来的奥乐稻，他开始怀疑此前从来没想过的一些事。

对于《香使诸项规定》，香使非常熟悉，能够倒背如流。哪个地方的奥乐稻苗要用多少肥料，香使一直严格按照规定执行。

《香使诸项规定》里详细记录了各种各样的状况，包括气温、结冰程度等。按照规定行事，从来没有出现过问题，所以奥拉姆从来没有想过肥料的用量到底对奥乐稻产生了什么样的影响。

“……不光是奥拉姆没有想过这个问题。”

在米莉雅指出之前，爱伊莎也没有发现“最低下限”以及肥料里加了月蓟草等，和奥乐稻在海风中不能生长有关。

塔克大叔他们或许发现了，可爱伊莎只顾着考虑在内陆地区种植奥乐稻的问题，根本没想过在岛屿上种植奥乐稻。

在这之前，爱伊莎以为“最低下限”只是和奥乐稻的毒性有关，从没想过可能还有其他原因。

奥乐稻是一种神奇的稻子。每当你觉得已经把它研究透了，它突然又会展现出不为人知的一面。

打从第一次闻到奥乐稻的气味，爱伊莎就觉得有点奇怪。

她也说不清到底是哪儿不对劲，但所有的奥乐稻都让她产生了这样的感觉。

可是，当她看到在海风中成长起来的奥乐稻时，产生的不是“奇怪”这样说不清道不明的感觉，而是“恐惧”。

闻的时间长了以后，虽然恐惧感减轻了，可这个岛上的奥乐稻还是让她觉得害怕。

“为什么会感到恐惧呢？”爱伊莎很想弄清其中的缘由。

如果是因为吃过海风中成熟的奥乐稻，以致差点死掉，有这样的感觉并不奇怪。可面对生平第一次看见的东西，为什么会觉得害怕呢？

她觉得很奇怪，很不舒服，却并不想逃避。相反，从内心深处涌现出一种想要搞清楚这种恐惧感缘何而来的想法。

爱伊莎觉得她之所以产生这种感觉，或许与第一代香君制定“最低下限”的原因有关。

米莉雅还不许他们进入城里种植奥乐稻的农园。

或许是觉得需要再观察一阵，再决定要不要对他们说实话。米莉雅命爱伊莎对因受奥乐稻影响而长得不好的作物进行改良。最近这几天，爱伊莎是在菜园里度过的。

最先让她接触的是一种叫“拉蓟”的植物，用它的果实榨的油是吉拉姆岛的特产。不知道是不是因为离试种奥乐稻的耕地太近，拉蓟结不了果。

“他们在城里的菜园干些什么呢？”爱伊莎心想。

爱伊莎有强烈的预感，在这个岛上正发生着一些事。她很想知道他们在城里的菜园干些什么。

用手巾擦了擦手上的油，奥拉姆低声说：“真是个大胆的女人。真没想到，竟然敢在岛上做这样的事。”

他的眼神突然变得焦躁起来。

奥拉姆把视线转向爱伊莎，说：“如果有办法把这里正在发生什么告诉伊尔大人就好了。奥格达很危险，不光是在海风中种植奥乐稻，还有秘密耕地的事，我也很担心。

“不知道他们到底是怎么在受到奥乐稻影响的土地上成功培育出小麦的。总之，奥格达有这样的种植技术就是一个极大的威胁。”

奥拉姆压低声音，以免被守卫听见。爱伊莎在心里暗暗思考该如何回答。

在二人能够背着守卫交流以后，奥拉姆就迫不及待地把秘密耕地的事，还有它带来的威胁一五一十告诉了爱伊莎。那个时候从奥拉姆身上散发出的气味，让爱伊莎第一次切身体会到了马修所说的话的意思。

“你是个好人，把人命看得比什么都重要吧。”

被马修这么说的时候，爱伊莎怒火中烧，反问他：“有几个人不把人命当回事？”

马修苦笑着说：

“是啊，你说的没错。

“可说到如何保护人们的性命，答案并不止一个。

“一旦帝国崩塌，就会有无数人的生命受到威胁。所以，有些人认为首先应该维护帝国的稳定。对于这么想的人来说，牺牲一个藩王国的几个村的村民的性命又有何不可？

“当然，即便对这样的人来说，眼睁睁地看着人们失去生命也是件很痛苦的事。

“但是，心里难不难过，和应该怎么做是两回事。”

爱伊莎想起马修神情严肃，认真地看着自己，对自己说“千万不要觉得你这么想，别人也会这么想，否则就会让别人有机可乘”。

奥拉姆是个好人。和他一起被抓来，跟他待在一起的时间越长，爱伊莎越觉得他的人品值得敬佩。

脑海中一次次闪过“奥拉姆会理解我们吧”的念头，一次次想把秘密耕地的事告诉奥拉姆。

“好好和他谈一谈，让他明白我们为什么要这么做，他也会成为我们的伙伴吧。”这样的想法越来越强烈，以致爱伊莎几次差点儿开口坦白。

可即便如此，爱伊莎还是忍住了。因为当奥拉姆谈起秘密耕地时，爱伊莎从他身上闻到了一种气味——觉得秘密耕地的存在是个威胁、感到厌恶的气味。

奥拉姆眼里闪着光，低声说：

“被他们抓到是我大意了，不过被带到这里来没准是件好事。可以深入奥格达的腹地，借这个机会一探虚实。

“如果能弄清他们到底是怎么种植奥乐稻的，并找到办法把这件事禀告伊尔大人……”

听着奥拉姆的话，爱伊莎突然皱起眉头来。因为随风飘来了一阵令她不快的气味。

守卫在离他们不远的地方吃午饭，一直盯着他们两个人看。虽然听不见他们说了什么，但从奥拉姆的姿势、表情或许感受到了什么，从他身上散发出的气味表明他很警惕。

爱伊莎站起身，伸了一下懒腰。

然后，她把空碗摆到托盘上。

眼见奥拉姆困惑地看着自己，爱伊莎笑着说：

“这个可以撤下去了吗？”爱伊莎指着奥拉姆的碗问道。

奥拉姆点了点头。

爱伊莎伸手去拿碗，小声说：“守卫有点起疑了。”

奥拉姆的表情很惊讶。爱伊莎对他说：“先努力想办法改善那些发育不良的作物，取得米莉雅的信任吧。”

奥拉姆帮着爱伊莎把碗碟摆到托盘上，说了一句“你说的对”。

“奥拉姆什么时候会发现呢？”爱伊莎在心里想。

“如果他们拥有能在受奥乐稻影响的土地上种植小麦的技术，也应该有办法种植其他作物，就不用靠我们了。”

如果奥拉姆意识到这一点，就会发现以奥格达的技术不可能成功地在秘密耕地上种出约吉小麦吧。

奥拉姆是个聪明人。就算不主动告诉他，他也总有一天会发现真相的吧。

“到那个时候……”

爱伊莎暗暗下定决心，到那时就开诚布公地和他谈，争取获得他的理解。

海风吹拂着爱伊莎的发丝。

虽然对奥拉姆说，找到拯救作物的办法是为了获得米莉雅的信任，可实际上，爱伊莎并没有把这当作一种“手段”，只是单纯地想要找到一个办法，来挽救那些种不活的作物。

米莉雅看着在海风中摇曳的奥乐稻，把它们叫作“希望之稻”。那个时候，爱伊莎看着她的侧脸，萌生了这样的想法。

奥格达的人们在挨饿。

无论是藩王国的人，还是帝国的人，他们的性命都一样珍贵，没有轻重之分。

那时，米莉雅站在午后的阳光下，从她身上散发出了期待与不安的气息。

“她也从奥乐稻身上看到了喜悦与悲哀。”

虽然她和祖父做出了完全相反的选择，但爱伊莎看着她的侧脸时，心里想的是“身居王位时，祖父脸上或许也是这样的表情吧”。

·10·

珀稞的香味

午饭后，爱伊莎和奥拉姆在拉蓟田里来回走动，调查它的长势是否因种植地点而不同。直到日头西斜，二人才回到宿舍。

或许是因为被太阳晒了太久，虽然时间还早，两人却感到很累。奥拉姆说了句“晚饭前我先歇会儿”，走进了宿舍。爱伊莎也想休息，但她想在那之前先擦擦汗，便向宿舍后面的水井走去。

走到房子拐角处，不可思议的一幕跃入爱伊莎眼帘。

井边斜排着几艘类似独木舟的东西，旁边站着几个女人，正忙碌着。

在菜园里工作的几乎都是女人。自古以来，男人出海工作，女人负责晒制干货、种植蔬菜，这已经成为岛上的习俗。

经常给她送早饭来的古力娜也身在其中。爱伊莎走到她身边，问道：“你们在干什么？”

古力娜抬起头，“啊”了一声，回答道：“在把珀稞的毒去掉。”

虽然吉拉姆岛上的方言比奥格达内陆地区的方言更抑扬顿挫，但爱伊莎和岛上的人基本可以沟通。话虽如此，有一瞬间，爱伊莎还以为自己听错了，反问古力娜：“毒？”

古力娜笑着说：“是啊。珀稞有毒。把它擦成丝以后，得像这样先放在水里泡一段时间。虽然这么做又花时间又伤手，很麻烦，可咖荠纳种不活了，现在我们全靠珀稞生活。”

斜放着的像独木舟一样的东西下面沉淀着白色的东西。

“平时给我们吃的煎薄饼是不是就是用它做的？”

“嗯。虽然稍微有点酸，不过很好吃吧？”

确实是又香又好吃。

女人们的手臂被太阳晒得黝黑。看着她们有的汲水，有的冲洗珀稞，爱伊莎突然想起一个问题。

“你刚才说的咖荠纳是类似红薯的东西吧？珀稞也属于红薯类吗？”

古力娜一边回答爱伊莎的问题，另一边手里也没闲着。

“是的。样子也和红薯差不多。我们小的时候，大人耳提面命，提醒我们千万不要弄混了。要是把珀稞当成咖荠纳吃了，可就遭了。”

“它们种在同一块地里？”

“嗯。咖荠纳种起来省事，就是不耐雨水，所以把它和珀稞种在一起，以防万一。我母亲常说‘这东西种起来虽然费事，但生命力很顽强’。”

古力娜笑着说完这些，压低声音说：“不过，珀稞产量没有咖荠纳高。或许我不应该说这样的话，可岛上如果不种奥乐稻，我们反而更轻松。每次干这活，我就忍不住这么想。

“生活在内陆的人不知道，其实我们有咖荠纳和珀稞就够了。现在，咖荠纳种不活了，光靠珀稞……”

古力娜的一双大眼睛滴溜溜地转着。爱伊莎忍不住打断她的话。

“你能带我去种珀稞的地里看看吗？”

“欸？现在吗？”

“啊，不，等你干完手里的活。”

爱伊莎吞吞吐吐地说完，正站在水井旁打水的女人说：

“古力娜，你带她去吧。没事，这里有我们呢。”

不知道米莉雅对在菜园里干活的人是怎么说的，她们都很尊重爱伊莎和奥拉姆。这或许说明米莉雅对他们确实寄予厚望。不管怎么样，农妇们愿意配合，对爱伊莎来说是件好事。

爱伊莎在古力娜的带领下往珀稞田走去，慢慢闻到海风吹来的奥乐稻的味道。这附近应该有米莉雅培育奥乐稻的试验田。

古力娜带她去的那块地里，种着几行褐色的植物，叶片耷拉着。

“这就是珀稞吗？它们枯萎了？”

“啊，不，它们没事。叶子变成这样说明可以收割了。叶片耷拉下来说明珀稞已经彻底成熟了。……你看。”

古力娜用手挖开表面的土，抓住土里的珀稞用力一拽。甩着手里圆乎乎的珀稞，古力娜笑得很开心。

鼻尖飘过一阵特殊的香味。还没走到这块地里，爱伊莎就闻到这股味道了。随着珀稞被从土里挖出来，香味变得更加浓郁。

“……和西蓟猕的气味很像！”

珀稞的气味和用于抑制奥乐稻生长的肥料中使用的西蓟猕很像。吃珀稞做的煎薄饼时，爱伊莎没有发现这一点。长在土里的时候，珀稞以这样的方式向四周凸显着自己的存在。

爱伊莎内心抑制不住地激动。

她很想帮助那些因为奥乐稻而无法生长的作物，但这里没有她需要的植物。

奥乐稻释放出某些东西，某些肉眼看不见的东西。这些东西渗透进周围的田地里，改变了土壤的气味。

这种气味的变化十分复杂。一开始，爱伊莎也不知道土壤的气味是怎么变化的。在塔克大叔的指导下，经过一次又一次的尝试，慢慢有了一点儿头绪。

然后，她调配出新的肥料，这种肥料能让土壤的气味变得和约吉荞麦、约吉小麦长势良好的土壤的气味一样。撒上这种肥料后，在亚拉村成功种出了约吉小麦。

可是，吉拉姆岛的植被和内陆地区的不同。在这里她找不到制作那种肥料所需的植物。而且，这里的土质和内陆地区的土质也不一样。

吉拉姆岛受海风影响大，岛上平地少，能够种植作物的田地有限。所以，所有耕地都离米莉雅试种奥乐稻的田地很近。这些耕地都受到奥乐稻的影响，光靠更换土壤解决不了问题。

只能用肥料来改变土质，可又找不到制作肥料的原材料，爱伊莎正为此感到头疼。“或许可以用珀稞替代西蓟猕。”

眼前，在能闻得到奥乐稻气味的这块田地上，珀稞茁壮成长着。

爱伊莎低头，深深吸了一口气。

“啊……！”

看着眼前各种香味交织而成的景象，爱伊莎不禁露出了微笑。

叶片低垂着的珀稞并排而立的地方，土壤的气味和其他地方不同，就像滴落在水面的油点把水推开一样。珀稞散发出的气味，牢牢地守护着自己周围的土地。

但是，光有珀稞还不够。要想抑制奥乐稻的影响还需要细微地调整。必须因地制宜，根据每块地的具体情况制作相应的肥料。和塔克大叔他们在一起时，也反复进行了尝试。幸运的是，奥格达内陆地区山间的田地，不管是植被还是土质，都和塔克大叔生活的山庄附近的田地很像，只要对原有的肥料配方进行一些调整就可以使用。可在海岛上，这样显然行不通。

“不管怎么说，能知道这里也有这样的作物已经是很大的收获了，我要找出哪些植物能使奥乐稻释放出的气味发生改变。”

虽然不知道要花多少年才能成功，但她现在能做的就是把眼前的事做好。虽然这么想，可一想到接下来不知道要花多少时间，爱伊莎还是忍不住叹了口气。

“那个，和您想的不是同一种东西吗？”

被古力娜这么一问，爱伊莎连忙摇了摇头。

“不，谢谢你带我来看，帮了我的大忙。”

“可您不是在叹气吗？”

“啊，那是因为……”爱伊莎正在想该怎么回答才好，古力娜说：

“这家伙虽然处理起来很费事，却是个好东西。在贫瘠的土地里也能长得很好。”

古力娜说的没错。大部分薯类作物在贫瘠的土地上都能长得很好。在内陆地区，薯类作物大多在降雨少的地方才长得好。和内陆地区相比，吉拉姆岛高温多雨。即便如此，珀稞在这里也长得很好。

“你们给珀稞施肥吗？”

爱伊莎问完，古力娜摆了摆粗壮的手。

“施啊，施一些我们一直用的肥料就能长得很好。这是咖荠纳……不，珀稞的优点。不像奥乐稻，必须施御赐的肥料才能生长。岛上土生土长的珀稞之类的作物，可没那么麻烦。”

说完，古力娜脸上流露出“我是不是说了不该说的话”的表情。

“对不起，我不该对香使大人您说这些。请您就当没听见吧。”

爱伊莎笑着摇了摇头。

“没关系。珀稞确实是个好东西。不过，奥乐稻虽然需要专用的肥料，但其他方面不需要太费功夫……”

爱伊莎说着，感到什么东西在脑海中一闪而过。

“什么？刚才想到了什么？”

回想着自己刚才说的话，爱伊莎突然睁大了眼睛。

“对了！供奥乐稻用的肥料！”

古力娜有些担心地看着爱伊莎，问道：“您没事吧？”

“……啊，我没事。只是突然想到了一件事。古力娜，谢谢你带我来看珀稞。我先回宿舍了。很抱歉打扰了你干活。”

“没事没事。那咱们晚饭时再见。”

“总是麻烦你。谢谢。一会儿见。”

再次向古力娜表达谢意后，爱伊莎转身往回走。

日头已经西斜，晚霞一点点染红天空。爱伊莎向坐在门外椅子上的守卫轻轻点了点头，走进宿舍。守卫虽然没有进入宿舍，但他一直紧盯着窗户和门口，没有人能在不被他们发现的情况下进出宿舍。

宿舍比外面暗，晚风通过敞开的窗户徐徐吹进来。爱伊莎打开壁橱，小心翼翼地取出装火绒的箱子，点上灯。她的动作很轻，以免吵醒里屋熟睡着的奥拉姆。

爱伊莎在桌上打开记事本，开始记下植物的名称。

这个岛上没有能抑制奥乐稻生长的植物成分，但奥乐稻专用的肥料里有。她想试试看能不能把其中的几种成分重新加以组合，制成适合这座岛上的作物用的肥料。

米莉雅尝试在奥格达生产肥料。也就是说，她通过某种方式，知道了奥乐稻肥料的成分，而且拥有这些原材料。

供奥乐稻用的肥料的成分是机密，就连高级香使也不知道所有原材料的名称。不过，如果只是最基础的那些材料的话，连爱伊莎这样的香使也知道。因为需要根据季节和土地的条件调整这些基础材料的用量。

据说，只有新旧卡修加家族的家主才知道加入基础材料中的那些最重要的绝密成分是什么。因此，所有的肥料都要先送到卡修加家族家主的手上，然后再分配到各地。可爱伊莎知道，这实际上不过是个骗局。

除了培育稻种的奥乐稻用的肥料外，普通的肥料中根本没有添加什么“绝密成分”，只是让人们觉得“有”那样的东西存在罢了。

当塔克大叔告诉她这件事时，爱伊莎非常震惊。多么简单却有效的谎言啊！这肯定是一个非常了解人性的人想出来的谎言。

虽然米莉雅说调查过肥料，可如果她知道肥料用的所有的基础材料……或许是某个香使被收买了，抑或是下了苦功夫，对那些被运进肥料生产工厂的材料的供应商，逐一进行了仔细调查。

所有人——就连高级香使也以为只知道基本材料是无法制作出肥料的，所以这方面的信息并没有被严格管控。

但是，如何根据各地的土壤条件、水利、气候等条件进行微妙的配比调整，这些是被严格保密的。香使也要发誓不会对外泄露这些信息。

如果米莉雅连材料的配比都知道的话，那恐怕香使被收买的可能性更大。

买通香使，知道了材料和配比的话，谁都能制作供奥乐稻用的肥料。

然而，即使他们制作出了肥料，并在施过帝国赐予的肥料之后，再撒上这种肥料，奥乐稻的产量不但不会增加，反而会减少，甚至导致稻子枯萎。这也是富国大臣伊尔·卡修加不怕肥料的原材料被人知道的原因。

“如果伊尔·卡修加知道米莉雅正在做的事，会怎么想呢？”

可以说精明的伊尔·卡修加是乌玛鲁帝国事实上的掌权人。爱伊莎只远远地看见过他，觉得他长得和马修有些像。

是因为就算再聪明的人，也有预料不到的事吗？还是说他早就预料到了这一切？

想到这里，爱伊莎耳边突然回荡起奥莉耶的声音。

“马修和伊尔总是站在高处，眺望远方，可我不擅长这么做。当我去农村举行祭祀仪式的时候，我的注意力也总是被那些被太阳晒得暖烘烘的土地啊、手里拿着土块的人们的脸啊之类的东西吸引。”

爱伊莎的眼前浮现出奥莉耶苦笑着的脸，心里想“好想见奥莉耶大人啊”。

她和奥莉耶见面的机会有限，但每次见面她就会变得更仰慕奥莉耶。跟在奥莉耶身边，就像站在阳光下一样，心里很舒服。

在那个空旷的香君宫里，奥莉耶必须以香君的身份活下去。

在爱伊莎面前，奥莉耶从不掩饰自己以虚假的身份度日是多么痛苦。因此，爱伊莎在奥莉耶面前也能真实地做自己。

“人这种生物，光靠过去的幸福回忆，很难活下去吧。”

有一段时间，爱伊莎经常想起奥莉耶说过的话。

“如果不认为接下来的日子也有幸福等着你，就没法熬过痛苦的时光。

“觉得自己做的事有意义，能让别人过得幸福，对我来说是一种救赎。”

爱伊莎望向窗外。傍晚的蓝色天空中，还残留着一丝黄色的光芒，那是夕阳的余晖。

“虽然看不到接下来会发生什么，可如果能认为自己正在做的事有意义，我就能忍耐下去。”

爱伊莎吸了一口气，把视线转回记事本上。

“伊荠草、夕露麻草、奥芪诺草、西蓟猕、月蓟草……”

看着这些植物的名字，爱伊莎想起了它们各自的气味。

想起了这些在普通肥料中没有的，只用在奥乐稻专用的肥料中的植物的气味。

这些植物通过不同的方式抑制着奥乐稻的生长。就像米莉雅所说的，月蓟草含有盐分，其他草也发挥了各自不同的作用。使用哪种草？怎么用？只能一边聆听土地的“气味之声”，一边进行尝试。

“榨油用的拉蓟、支撑岛上百姓生活的咖荠纳，就先从这两个开始试吧。”爱伊莎在心里计划着。

每种植物生长的土壤的气味，它周围的植物的气味，都代表着支撑那种植物生长的物质的特征。当一种植物枯萎的时候，它周围的伙伴们也会受到影响。有些植物因此受害，也有些植物因此受益。万物有枯荣，一物枯而一物荣。世间万物之道不外如是。

爱伊莎回想起今天在拉蓟田里和珀稞田里闻到的气味。

站在拉蓟田间时，她从“气味之声”中闻到了混乱的感觉。

不管在哪里，都有许多生物在相互竞争、相互扶持，因此发出的“气味之声”并不相同，并且每时每刻都在发生变化。

不可思议的是，她能够感觉到一块田地是生病了还是健康的。

一边倾听“气味之声”，一边不断对土壤进行改良的话，或许可以拯救拉蓟。

爱伊莎沉浸在这样的思绪中，一直到奥拉姆跟她说话，才发现他醒了。

“你没睡一会儿吗？”

奥拉姆从里屋走出来。

不知不觉，太阳已经落山。空气中飘荡着食物的香味。过一会儿，古力娜就该把晚餐送来了。

“在干什么呢？”

低头看着记事本，奥拉姆抬了抬眉头。

“为什么写制作肥料的原材料？”

爱伊莎抬头看着奥拉姆。

她的额头僵硬，心跳加速。

“本来还想再考虑考虑该怎么说才好……”

事到如今，只能说了。要想把使用奥乐稻肥料的想法付诸实施，就不可能瞒着奥拉姆。

“我有个想法……”

爱伊莎下定决心，说起她的打算来。

·11·

暴露

“使用奥乐稻用的肥料来改良土壤？”

奥拉姆的表情变得严肃起来。

“说什么傻话！那么做的话……”

说到这里，奥拉姆突然停了下来，盯着爱伊莎看。过了一会儿，他的眼中浮现出惊愕的神色。闻到奥拉姆全身散发出的浓郁的气味，爱伊莎感到心跳变得越来越快。

“难道……”

奥拉姆低声说。

“让人在秘密耕地里种约吉小麦的，不是‘奥格达曙光’，而是旧卡修加家族？”

“……”

“我说的没错吧？你也参与其中？”

奥拉姆的声音有些颤抖。

“我就觉得奇怪。如果他们有那个技术，能在离奥乐稻田那么近的地方种约吉小麦，在这里也用那个技术就行了。怎么会陷入主要粮食颗粒无收的境地……”

怒火在奥拉姆眼中熊熊燃烧。

“为什么？！拉奥大师为什么要做这种危害帝国的事！”

奥拉姆用拳头捶打桌子，怒吼道。

“他是统领所有香使的人，目光竟然如此短浅！竟然做这么愚蠢的事！”

闻到那股愤怒的气息，听到那些愤怒的话语，爱伊莎感到心里有什么在沸腾。

“即使像奥拉姆这样敦厚、深思熟虑的人也无法避免会这般误解自己吗？”一种悲哀在胸中蔓延，爱伊莎忍不住全身发抖。

爱伊莎凝视着奥拉姆，挤出一句话。

“您认为拉奥大师不知道自己所做的事会带来什么后果吗？”

爱伊莎的眼泪夺眶而出。

“奥拉姆大人，您真的认为奥约玛虫害造成的损害会止步于奥格达吗？就像本来不会遭受虫害的奥乐稻糟了虫害一样，如果奥乐稻遭遇病害会发生什么？像命令奥格达人一样，命令帝国所有的百姓‘把奥乐稻烧了！你们等着饿死’吗？”

虽然爱伊莎觉得自己说的有些过分了，可压抑已久的某种情感突然喷涌而出，控制不住。

“不管是藩王国百姓的性命，还是帝国百姓的性命，都靠奥乐稻维系。这是多么可怕的事！为什么像您这样的人，像您这样目睹过他人饿死的人……”

嗓子眼像被什么堵住了，发不出声音，泪水沿着脸颊滑落。

奥拉姆皱着眉头看着爱伊莎，过了一会儿，叹了口气说：

“冷静点。你这么激动，我们没法谈下去。单纯依赖奥乐稻的危险，别说伊尔大人，连我们高级香使也很清楚。正因为如此，为了以防万一，储存了大量的稻种。

“你应该也知道奥乐米能保存很长时间。储藏的奥乐米，足够帝国的百姓吃一年。即使在帝国暴发了奥约玛虫害，只要尽早采取措施，就不会有人饿死。

“对奥格达的处置，有杀鸡儆猴的意思。虽然很残酷，但因为有这个必要，所以帝国才迟迟没有采取措施。在帝国不会发生这样的事。”

爱伊莎茫然地仰视着奥拉姆。

从他嘴里竟然说出了这样的话。爱伊莎觉得在本质上，二人无法沟通。这种感觉让她感到非常害怕。

“您说的‘帝国的百姓’是指谁？”

爱伊莎问完，奥拉姆皱起了眉头。

“您心里想过利格达尔、东西坎塔鲁的百姓吗？帝国答应他们靠奥乐稻能够使他们富裕起来。他们因为相信这样的承诺才归顺帝国，成为藩王国的。储藏的米够养活他们所有人吗？”

奥拉姆苦笑道：“如果整个国家同时遭受虫害，光靠储藏的米肯定是不够的。因此，为了防止这样的情况出现，才把香使派往各地，严密监控，以便能在第一时间发现奥约玛的踪迹。这些事你不也知道吗？”

爱伊莎盯着奥拉姆，轻轻摇了摇头。

“奥拉姆大人，您心里真的这么想吗？”

奥拉姆脸色一沉。

“你这么说是什么意思？”

“您真的认为靠香使的监控就能防止奥约玛虫害扩散吗？还是为了安慰我才这么说的？”

奥拉姆微微眯起眼睛，陷入了沉默。

“虽然号称形成了‘监控网’，但我们香使并不能经常调查包括藩王国在内的所有的种植区域。一旦有所疏漏，导致奥约玛虫害大暴发，就不可能完全封锁。一旦大暴发，就无法控制。”

爱伊莎接着说：

“最初在拉帕发现奥约玛的时候，我也以为只要一发现就把那个地方烧了就没事了。但现在我已经不这么想了。因为现在的形势和那个时候已经不同了。那个时候，只是有几个虫卵粘在奥乐稻上。可当奥约玛在奥格达暴发时，同时出现了无数的奥约玛。

“一次又一次放火焚烧，却无法控制奥约玛向周围蔓延。但凡目睹过奥格达惨状的香使，都应该能切身体会到，奥约玛虫害一旦暴发，根本无法控制。”

“……”

“而且，其他香使暂且不论。前几天和奥格达藩王母谈过后，您应该也发现了，奥约玛虫害在奥格达暴发并不是因为他们自己制作的肥料。”

爱伊莎盯着奥拉姆说：

“奥约玛是自然产生的。也就是说，它在任何地方都有可能出现。而且，一旦出现，就会以惊人的速度向四周扩散。伊尔大人想必也很清楚它的危害。虽然我无从得知，但他应该已经想好对策了吧？”

“……”

“至少，拉奥大师从很久以前就察觉到了这种威胁。所以，他一直在做准备。”

奥拉姆眉头紧锁，正要开口说话时，听到了古力娜爽朗的声音。

“晚饭来了！”

不久前爱伊莎就已经感受到了古力娜的气息。

她迟迟没进屋，多半是因为听到爱伊莎和奥拉姆说话的语气不对劲。

“我来晚了，很抱歉。来，快吃饭吧。”

烤得脆脆的鸡肉，浇上酸甜可口的水果做的酱汁；珀稞粉和的面团，用大叶子包着，上屉蒸得软乎乎的。

古力娜把晚饭摆在桌上，向二人点头示意，转身离开。爱伊莎举起果酒壶，往奥拉姆碗里倒了满满一碗，随后往自己碗里倒了半碗。

然后，她对奥拉姆说“您先吃吧”，拿着盛水的容器走了出去。

古力娜送来的配晚餐的果酒又甜又好喝，可对爱伊莎来说太烈了，她想用井水兑一下。刚打上来的井水凉凉的，用它一兑，果酒更好喝。

爱伊莎出屋的时候，奥拉姆没有动筷，出神地盯着装果酒的碗看。

爱伊莎进屋坐下，说了一句“我们吃吧”。奥拉姆恍然回过神来，也说了一句“吃吧”，夹了块鸡肉放在自己的盘子里，吃了起来。

飞蛾从敞开的窗户飞进屋里，啪嗒啪嗒地打在天花板上。窗外古力娜点燃的驱蚊烟也随风被吹进屋里。

不停地撞到天花板上的飞蛾，飘然飞出屋。奥拉姆抬起了头。

“刚才还没说完……”

奥拉姆说得很慢，似乎在想该怎么说。

“关于这次奥约玛虫害暴发一事，我不认为伊尔大人不如拉奥大师那般有先见之明。只是他们的目标虽然一样，但在怎么做会更好上，两位大人的想法不同。”

“……”

“拉奥大师最先考虑的是人命，而伊尔大人则认为某些救援策略可能会导致更多的人牺牲。”

爱伊莎摇了摇头。

“那是因为……”

奥拉姆举手打断了爱伊莎的话。

“你先听我说完。你还不是高级香使，本来接下来的话是不该对你说的。但是，看目前的情况，我们今后可能要在一起生活很长一段时间。我们有必要开诚布公地谈一谈，以免彼此心生隔阂。”

奥拉姆的语气很平稳。

“……您说的对。”

爱伊莎脸红了起来。

“就连他也不明白吗？和我们根本不一样……”抱着这样先入为主的想法，激动地用言语攻击对方。爱伊莎突然为自己刚才幼稚的行为感到无比羞愧。

为了不被守在门外的人听见，奥拉姆稍稍压低了声音。

“我认为乌玛鲁帝国眼下正处在一个剧烈动荡的时期。这么说不光是因为奥约玛虫害暴发，更因为这事赶上了帝国皇位更迭的时候。

“我这么说或许是大不敬。但是，现在帝国的根基还不牢固，或者说还有不稳定的地方。奥乐稻就像是一个‘箍’，把藩王国和我们联系在一起。在这种时候，如果传出这个箍松动了的风声，你也知道是件多么可怕的事。”

套住木桶的箍如果坏了，木板就会倒向四周，木桶也会失去原本的形状。爱伊莎想象着帝国崩塌的样子，点了点头。

奥拉姆端起碗，喝了一口酒。

“伊尔大人对奥格达采取这样的措施背后有这样的原因。无论如何，皇帝陛下刚刚登基，在他的统治稳固前，不能对外暴露出哪怕一点儿弱点。

“如果藩王国的人民对帝国的前景感到不安，那么像辰杰国那样一心想要扩大领土的国家马上就会抓住机会，拉拢他们，妄图使帝国崩塌。那样的话，就会引发战争。如果再发生饥荒，那帝国很可能走向灭亡。

“藩王国的人民会因此变得幸福吗？我不这么认为。”

晚风从窗户悄悄吹进来，灯影摇曳。

“就像奥格达藩王母所说的，各地的人口都在增长。靠原有的产业根本无法养活这么多人口。就算他们倒戈相向，和妄图覆灭乌玛鲁帝国的国家合作，也没有任何一个国家有余力养活他们。

“说到底，藩王国的百姓——尽管不是全部，是否能够尽可能多地活下来，还是取决于奥乐稻的收成。”

又喝了一口果酒，奥拉姆接着说：

“正如你所说的，很难控制奥约玛造成的危害。这点我也知道。

“但是，就算要改变单纯依赖奥乐稻的局面也需要时间。

“奥乐稻事关帝国存亡。我们必须综合考虑各个因素，慎重地、一点点地进行改变。否则，很多东西都将土崩瓦解。

“因此，至少在现阶段，我们必须避免动摇人们对奥乐稻的信任。

在不动摇帝国根基的前提下改变现状需要时间。

“为了争取时间，伊尔大人命令我们必须第一时间发现并迅速处理奥约玛。就算没有办法控制奥约玛扩散，或许能减缓蔓延的速度。我们寄希望于此。”

爱伊莎曾经听马修说过伊尔或许是这样想的，或许是因为奥拉姆的说话方式，从他嘴里听到的话更能打动她。

把果酒倒进碗里，奥拉姆平静地说：

“刚才一不小心太激动了。仔细想想，拉奥大师考虑的是如果无法阻止奥约玛蔓延时该怎么办，对吧？”

爱伊莎点了点头。

“是的。”

奥拉姆叹了口气。

“拉奥大师也是个了不起的人物。新旧卡修加家族如果能够像两个车轮一样，互相辅助，支撑起帝国，就太好了，可那并非易事。

“秘密耕地的事一旦暴露，拉奥大师恐怕将陷入困境。因为伊尔大人不会放过这个好机会……”

说到这里，奥拉姆似乎突然想到了什么，皱起眉头，神情阴郁，眼中满是怀疑的神色。

“难道说……”

·12·

怀疑

奥拉姆眼神犀利地盯着爱伊莎。

“难不成你们和‘奥格达曙光’勾结？”

“……”

“是吗？所以你们把发现秘密耕地的我抓走？”

爱伊莎顿时紧张起来，胸口好像被一块大石头压住了，脸色变得苍白。

“我不知道。”

爱伊莎努力让自己的声音不颤抖。

看着奥拉姆的眼神，爱伊莎拼命想找到合适的词语。她想让奥拉姆相信，他们从来没有想过要害他。

关于自己的嗅觉和“伙伴”的事，她不得不隐瞒。可除此之外，她不想撒谎。

直勾勾地看着奥拉姆，爱伊莎说：

“我也想过这种可能性。

“秘密耕地被您发现了，这对我们来说是件很麻烦的事。再加上，您刚发现秘密耕地，就被‘奥格达曙光’掳走，这对我们来说实在是太幸运了。”

“……”

“但是，现在我不这么认为了。因为我被抓了。”

“……”

奥拉姆皱起眉头。

“这不能成为理由。虽然我不想这么说，但也有可能是派你来监视我的。”

奥拉姆低声说完，爱伊莎摇了摇头。

“不是这样的。我知道很难让您相信……”

爱伊莎一边说，一边把心里想的事说出口。

“首先，这么做有什么意义呢？为什么要监视您？”

“……”

“如果是不想秘密耕地的事泄露，把您软禁在这个岛上不就行了吗？有必要特地让我来监视您吗？”

奥拉姆的眉头拧成一团，思考着爱伊莎的话。

不久，他僵硬的表情放松了一些，但眼中仍有疑惑之色。

看见他表情发生变化，爱伊莎也放松了下来。

“我之所以说，我被抓以后判断拉奥大师和‘奥格达曙光’毫无关系，是因为您被关在一个仓库里，我是在监视那个仓库的时候被抓的。”

奥拉姆眨了眨眼。

“我被关的那个仓库？”

“是的。藩王国总务厅的仓库。您不记得了吗？”

“不记得。”

奥拉姆摇了摇头。

“被抓以后的记忆很模糊。不过，你说是藩王国总务厅的仓库？”

“是的。”

爱伊莎点了点头，说起事情的来龙去脉。

“那天，我有事要去秘密耕地，正走在山路上，突然看见几个面生的武士出现，就悄悄跟在了他们后面。”

爱伊莎略去不能说的那些内容，说：

“然后，我看见他们抓了您，就一路小心翼翼地跟踪他们。

“他们利用运稻草的马车，把您运走，藏进了藩王国总务厅的仓库里。

“我想去通知其他人，又怕离开期间您被转移到别的地方去，所以一直紧盯着仓库，直到晚上。可能是因为我在那里的时间太长，引起了他们的怀疑。当天晚上，我就被他们抓住了。”

“……”

爱伊莎看着奥拉姆说：

“如果拉奥大师和‘奥格达曙光’勾结，那么，那群人应该知道秘密耕地是由我负责的。

“所以他们根本没必要抓我。就算抓了我，一旦他们告诉拉奥大师抓您的时候，把我也抓了，我应该会被放走。”

说完，爱伊莎又补充道：

“当然，这个事实只能让我不那么可疑。站在您的角度来看，我还是有可能是被派来监视您的。所以，我说的这些话可能证明不了什么……”

“……”

“不过，还有一件事能让我不那么可疑。就是刚才您也说过的，见到奥格达藩王母的时候，我也觉得拉奥大师没有和‘奥格达曙光’勾结。如果他们之间有联系的话……”

这时，奥拉姆眼中第一次露出了相信的神色。

“就可以利用那个技术来挽救拉蓟。”

爱伊莎歪着头想了想。

“不过，光靠那个技术很难马上救活拉蓟。所以，也有可能是因为这样才把我送来的。可如果是那样，至少会提前告诉我。”

说完，爱伊莎不禁面露苦笑。

“说这些也没用。说这些也没法洗清我的嫌疑，对吧？”

奥拉姆突然露出苦笑。

“是啊，想怀疑的话不管怎么样都能怀疑。虽然都能怀疑，可……”

一边说着，奥拉姆一边摇了摇头。

“不管是拉奥大师和‘奥格达曙光’勾结了，还是你是来监视我的，又或者你是被派来帮助岛上的人的，我所处的立场都没有什么不同。”

虫子被灯光吸引着从敞开的窗户飞进来，飞向火光，撞到天花板上，又飞出屋去。

二人默不作声，看着虫子飞进飞出。

窗外一直飘来古力娜的气息。她和守卫的关系似乎很好，总是一边和他聊天，一边等着二人吃完晚饭，把餐具撤走。

“我把盘子撤下去？”爱伊莎问奥拉姆。

奥拉姆回了一句“好”。

留下装果酒的瓶子和碗，爱伊莎把剩下的餐具收到餐盘上，端了出去。

古力娜正笑着和守卫说着什么。

“吃完了？”

“吃完了。抱歉，让你等了这么久。”

“哪里哪里。”

粗壮的手接过餐盘，古力娜对守卫说了声“晚安”，转身离开。

回到屋里，爱伊莎看见奥拉姆正盯着刚才她记录肥料的原材料的记事本看。

奥拉姆抬头看着爱伊莎，问她：“奥乐稻的肥料，你怎么用的？”

灯光摇曳，不时在奥拉姆脸上投下阴影。

“说来话长。”

听爱伊莎这么说，奥拉姆笑了笑。

“没关系，说给我听听吧。”

爱伊莎点了点头。

“首先，从试着把原材料进行组合开始。”

“组合？”

“是的。奥乐稻用的肥料，每种原材料的作用都很不一样。对奥乐稻产生的抑制，对土壤产生的改变也不同。”

奥拉姆听得眉头拧在一起。

根据使用肥料的土地的土壤状态和气候状况，对原材料进行微调，是香使很重要的一项工作。不过，由于《香使诸项规定》中已经写得很清楚“某种情况下如何做”，所以香使只要按照规定去做就行了。至于各种原材料如何改变土壤，如何影响奥乐稻，恐怕他们并没有考虑过。

“先是把各种原材料加以组合，进行尝试。比如，只用月蓟草和西蓟猕，或只用奥芪诺草和夕露麻草。通过这个办法，调查各种原材料如何改变土壤，如何抑制奥乐稻的生长。然后，调整原材料的组合和用量，一遍又一遍地尝试把土壤变成什么样，才能让约吉小麦、约吉荞麦这些作物存活下去。”

奥拉姆脸上难掩惊诧的神色。

奥拉姆是个出色的香使，他很明白这些工作需要花费多少精力和时间。

不仅如此，他也真切体会到了拉奥大师的决心。

虽然为了提高蔬菜、水果的种植率，“利亚菜园”也进行着类似的尝试，但他们不会违反《香使诸项规定》的规定，对奥乐稻的肥料进行调整。——那是禁忌，打破禁忌可能会被处死。

奥拉姆脸上露出若有所思的表情，认真倾听爱伊莎的话。

爱伊莎一边继续说着，一边回忆着塔克大叔一家被晒得黝黑的脸。

·13·

古力娜

“拉蓟长出花芽了？”

米莉雅把手里的书放到小桌上，看着来汇报的家臣。

“还不到一个月吧？从他们提出要用奥乐稻的肥料开始。”

“是的。今天是第二十五天。”

“已经长出花芽了？”

“是的。……说是长出花芽，其实花蕊刚刚冒出来，但据农妇们说，长成这样就应该能开花。”

米莉雅盯着家臣看了一会儿，问他：“古力娜来了吗？”

“是的。她在外面等着。”

“叫她进来吧。”

家臣鞠了一躬，退出房间。不一会儿，古力娜走了进来。

古力娜一进门，就把大手交叠在额前，毕恭毕敬地鞠了一躬。

“再走近点。”

米莉雅招招手，待古力娜走到身边，开心地说“好久不见”。

“藩王母，很抱歉迟迟没有来向您汇报。”

“没关系。你的工作就是和他们打成一片。比起频繁来汇报，适应你所扮演的角色更重要，这点我还是知道的。”

古力娜微笑着深深鞠了一躬。

不等古力娜抬起头，米莉雅就迫不及待地问：

“听说拉蓟长出花芽了，是奥乐稻的肥料起作用了吗？”

古力娜点了点头。

“是的。爱伊莎说，可能是因为拉蓟不需要和奥乐稻竞争，所以见效更快。”

米莉雅挑了挑眉。

“爱伊莎？不是奥拉姆？”

古力娜眼里闪过一丝光芒。在她圆圆的脸上，丝毫看不出平时那个快乐的农妇的影子。

“是的。是爱伊莎。恕我直言，藩王母，那个女孩似乎比奥拉姆有用得多。”

米莉雅眯起眼睛。

“你既然这么说，应该有确凿的证据吧。”

古力娜点点头。

“对拉蓟进行改良是在爱伊莎的主导下进行的，奥拉姆反倒是像听从指挥的那个。”

古力娜开始详细介绍爱伊莎是如何使用肥料的。

“爱伊莎先是把拉蓟的种植区域分成了两大块，然后又把其中一块分成了五个区域。在其中一个区域用三种原材料组合而成的肥料，在另一个区域使用四种原材料组合而成的肥料，连着几天观察田地的情况。

“然后有一天，她突然在之前没有施过肥的区域，全都撒上了由三种原材料组合成的肥料。”

米莉雅往前探出身，似乎对此很感兴趣。

“长出花芽的就是那个区域的拉蓟？”

“是的。那个区域，还有一开始用了三种原材料组成的肥料的那个区域，拉蓟都长出了花芽。”

“有意思！最初进行尝试时，发生了什么变化？”

被问到这个问题时，古力娜脸颊泛起了红。

“那个……”

古力娜欲言又止。米莉雅不解地看着她。

“怎么了？你这么吞吞吐吐的倒是少见。没关系，想什么你就说。”

“是。说实话，我不知道爱伊莎是依据什么做出的判断，她为什么选择三种原材料组合成的肥料，而不选四种原材料组合成的肥料。很惭愧，我和其他农妇都认为任何一个区域都没有发生什么变化。”

米莉雅露出了惊讶的表情。

“你姑且不论，其他农妇长年种植拉蓟，都拥有丰富的经验。连她们都不知道各个区域有什么不同吗？”

“是的。”

“那真是奇怪。如果说某些征兆只有她能发现的话，没准那就是控制奥乐稻生长的秘诀。你的观察力比绝大多数人敏锐，没发现什么问题吗？”

古力娜迟疑了一下，开口说：

“这不过是我的直觉，说出来可能很难让人相信……”

“没关系，你说说看。”

“爱伊莎可能拥有一种不为人知的力量，能够感受到某些特殊的东西。不光是我们，就连奥拉姆也不知道她有这种力量。”

“……”

“爱伊莎有时会闭上眼睛。”

“眼睛？”

“是的。闭上眼睛，迎着风，一直站在那儿。有时不光站着，还会闭着眼睛走来走去。”

“你说什么？”

“趁我和其他农妇闲聊的时候，也就是说，她以为我们看不见的时候，她会闭上眼睛，在拉蓟周围转来转去。看她走路的速度，和睁着眼睛走路一样，很自然。只是……”

“只是什么？”

“爱伊莎直觉十分敏锐。有一次，她可能是感受到我在看她了。从那以后，她再也没有在我面前闭眼过。”

米莉雅眉头皱了起来。

“你是说她发现了你在监视她？”

“不知道，我觉得可能是。如果是那样的话，就是我的失职。”

米莉雅低声说：

“那也没什么大不了的。就算真的被她发现了，不过是换个人去监视而已。不过，如果连你这样的老手都被她发现了，那她确实挺厉害的。”

古力娜表情严肃地点了点头。

“看见她闭着眼睛走路，我想起了哥哥说的话。”

米莉雅也点了点头。

“我也想起了那件事。——你是说拯救了亚拉村的密使吧？放飞占卜师留下的‘祈愿鸽’后，密使就来了那事。”

“是的。我哥哥听亚拉村的村长说，密使即使在夜里也蒙着脸，在眼睛看不见的情况下，不用手杖，也能和白天睁着眼一样自如地行走。”

“我也听说了。本来以为是用了什么骗术，现在看来或许并非如此。闭着眼睛走路如履平地，虽然听起来令人难以置信。可如果她就是密使，那一切就说得通了。”

米莉雅脸颊发红，两眼发光，搓了搓手。

“自从你哥哥上报了那件事以后，我一直以为开垦秘密耕地，拯救亚拉村的人不是香君大人，就是富国省的人，也就是说，可能是香使。

“因为那个人知道如何抑制奥乐稻的生长，肯定是香君大人或与她有关的人。既然如此，为什么不堂堂正正地伸出援手呢?

“我想有两种可能性。一种是因为帝国把奥约玛虫害的暴发归咎于我们，这个人不能明目张胆地帮我们。

“还有一种可能是，他们利用亚拉村试验他们找到的方法是否可行。两种可能性都有。但不管怎么说，实际行事的应该是香使。那么，到底是新旧卡修加家族哪一家的香使呢？”

米莉雅抿了抿嘴。

“如果那姑娘是密使，那就是旧卡修加家族了。”

古力娜点了点头。

“反正不是新卡修加家族。看奥拉姆和爱伊莎的表现，很明显不是新卡修加家族。”

“有意思！太有意思了！”

米莉雅笑着说：

“明天，把那个姑娘叫过来吧。”

· 14 ·

奥乐稻的呼声

看到古力娜走近，爱伊莎在心里叹了口气。

“啊……”

果然如此。一种似悲伤、似寂寞的心情在她心中蔓延开来。她很喜欢开朗的古力娜，所以一直祈祷自己的感觉是错的。可是，她从逐渐走近的古力娜身上闻到了米莉雅的气味。

从她着手对拉蓟的种植地进行改良开始，爱伊莎便觉得古力娜有些不对劲。

在那之前，她也曾多次从古力娜身上闻到对他们很感兴趣的气息，但她也只是觉得“古力娜的好奇心真强啊”。

然而，自从改良拉蓟开始，古力娜身上散发的气味发生了明显的变化。爱伊莎很明显地感受到古力娜对她的“兴趣”。

古力娜像往常一样笑脸盈盈地走近爱伊莎，发现她的表情有些不对，慢慢收起了笑容。

她盯着爱伊莎看了一会儿，平静地说：

“奥拉姆大人，爱伊莎大人，藩王母有请，请随我进城。”

从她的话里听不出一点儿岛上方言的口音。

“你……”

奥拉姆很是吃惊，问道：“在监视我们？”

“是的。”

古力娜干脆地说，随后把视线转向了爱伊莎。

“爱伊莎大人，您似乎早就发现了，对吧？我哪里出了纰漏？”

爱伊莎沉默地摇了摇头。

“那您是怎么发现的？”

爱伊莎没有回答，只是静静地看着古力娜。

不一会儿，古力娜脸上露出苦笑。

抬头望着天空，她说：

“我从十岁开始就干这一行，已经这样生活了几十年。这还是我第一次不知道自己为什么被识破了。”

吐出一口气，古力娜又补充了一句：

“这也是我第一次在被人看破后觉得寂寞。”

然后，她把视线转回二人身上，说：“我们走吧。”

走到能看见城堡的地方时，爱伊莎不由得停下了脚步。

“怎么了？”古力娜问道。

可爱伊莎没有听见她的话。

“气味发生了变化。”她在心里想。

在海边长大的那些奥乐稻的气味明显发生了变化。

现在，那种气味变成“声音”，传到了爱伊莎耳中。

“……快来……”

呼唤着远方的什么。这个声音乘着风，飘向远方。

“……快来……”

孤独的“它”正呼唤着什么，呼唤着远方的什么。

那个“声音”是那么恳切、哀伤，仿佛渗入了爱伊莎的身体里。她突然感到一股悲伤涌上心头。

“我知道这个声音。”

黄昏时分，突如其来的、无以言表的悲伤，一种无法排解的孤独。

向着不知名的远方，想发出“救救我”的呼声的那种感觉。

“我知道”，这句话反复在脑海里出现，爱伊莎不由得闭上了眼睛。泪水溢出眼眶，顺着她的脸颊滑落。

“……怎么了？身体不舒服吗？”

肩膀上的触感让爱伊莎猛地回过神来。

她有一种很奇妙的感觉，仿佛包裹着世界的那层膜消失了。爱伊莎深深吸了一口气，想要摆脱那种隐隐的眩晕感。

“没事吧？”

奥拉姆担心地看着她的脸。

“对不起。我没事，别担心。”

鼻腔涌进海风的气味。海风里夹杂着奥乐稻的声音。爱伊莎关上心门，装作听不到那个声音，迈步往前走。

从记事起，她就一直能听到各种“气味之声”。

沉浸在充斥世界的“气味之声”中，让爱伊莎觉得自己生活在另一个世界里，和家人生活的世界隔着一层膜。

所以，对爱伊莎来说，这种感觉并不陌生。可是，此刻被奥乐稻的声音吸引，进而感受到的另一个世界，和她一直以来感受的世界明显不一样。

“为什么？”

那里莫名地令她感到眷恋，她无比想回到刚才差点儿去到的那个地方。

但是，想回去的念头过于强烈，让她感到害怕。

她觉得“如果去了……我将不再是现在的我”。

等他们走到刚被抓来时进过的那个房间门前，古力娜敲响了小吊钟。

听到屋里传来回应的铃声，古力娜对奥拉姆说："非常抱歉，奥拉姆大人，请您在这里稍等一会儿。"

说着，她推开了门。

奥拉姆很不解，古力娜没有管他，而是催爱伊莎赶快进屋。

爱伊莎一边想着为什么只让她一个人进屋，一边走进房间。一进屋，奥乐稻的"气味之声"就变大了。

"快来……快来……快来……"

爱伊莎努力让自己不去理会那个急切的喊声，继续往前走。

米莉雅正等着她。她的表情比上次更加放松。

她朝爱伊莎招了招手，待爱伊莎走近，微笑地看着爱伊莎，说了声"谢谢"。

爱伊莎以为米莉雅是为拉蓟长出花芽的事感谢她，正要低头行礼，米莉雅又说了一句。

"也感谢你救了亚拉村，密使大人。"

爱伊莎抬起头，好不容易才很努力维持表情不变。

"果然被古力娜看见了。"

沉浸于聆听"气味之声"，一不小心闭着眼睛走了起来。大概是那个时候被看到的吧。

看着沉默不语的爱伊莎，米莉雅说：

“你没必要瞒着我。这件事被帝国知道的话，对我们来说并没有什么好处，所以我不会说出去的。而且，不管你们的目的是什么，在拯救奥格达百姓免受饥饿之苦这点上，我们的想法是一样的。”

“快来……快来……快来……”

“气味之声”在脑海中回荡着，好像有人不停地在敲门，爱伊莎很难把注意力集中在米莉雅的话上。

爱伊莎闭上眼睛，握紧拳头，把“声音”从心里赶出去，努力只考虑眼前面对的事。

然后，她想到了一件现在应该做的事。

爱伊莎睁开眼，看着米莉雅。

“亚拉村没有人饿死这事我也知道，因为香使们也都在讨论这件事。您似乎认为是我救了他们。您让奥拉姆大人在外面等，只让我进来，是因为您担心我害怕事情被新卡修加家族发现而什么也不说吧？”

米莉雅抬了抬眉毛。

“如果我说是呢？”

“请您让奥拉姆大人进来。”

“为什么？”

“因为我没什么要瞒着奥拉姆大人的。”

米莉雅看着爱伊莎，若有所思。过了一会儿，她开口说：

“原来如此。需要瞒着奥拉姆的事，你本来就不打算说，对吧？而且，像这样我们两个人聊天的时间越长，奥拉姆就越会起疑。”

米莉雅面露微笑。

“好吧。想问的事，我回头再慢慢问。再说，今天叫你们来也不是为了密使的事。”

说着，米莉雅拿起放在桌上的小铃，零零摇响。

门被打开，古力娜带着奥拉姆走进来。奥拉姆一脸严肃，用眼角的余光瞥了爱伊莎一眼，随即把目光转向米莉雅。

“我能问问您为什么让我一个人在外面等吗？”

米莉雅只是笑了笑，没有问答。爱伊莎低声说：“藩王母以为那个秘密耕地是我让村民们开垦的，所以把我叫来问话。”

听爱伊莎这么说，奥拉姆露出了惊讶的表情，米莉雅也有些吃惊。她眯起眼睛，似乎在思考些什么。

最后，米莉雅的脸上露出了苦笑。

“你这姑娘，真不好对付啊。”

奥拉姆皱着眉头看着米莉雅。

“您有什么证据？说爱伊莎和秘密耕地有关。”

米莉雅摇摇头。

“现在，我不想和你们谈这件事。比起那件事，有些东西我想让你们看看。”

说着，米莉雅往窗边走去。护卫的武官猜到米莉雅想做什么，推开了面向中庭的大窗户。站在窗外的家臣，向米莉雅伸出手，扶着她走进中庭。

米莉雅回头对爱伊莎二人说了一句“你们跟我来”，便迈步往前走去。

“快来……快来……快来……”

伴随着炫目的阳光，“气味之声”像波浪一样拍打着，扑面而来。

爱伊莎不禁用手捂住脸。

“怎么了？”

面对奥拉姆的询问，爱伊莎摇了摇头。

“我没事。抱歉，您先走吧。”

“从刚才开始你就不太对劲，脸色也很差。”

“只是有点头晕，已经没事了。”

奥乐稻在海风中摇曳，刚刚抽出的嫩穗沙沙作响。

这里原来可能是个庭院，远处有一座方形的凉亭。但现在广阔的庭院大部分变成了奥乐稻田。

这块地不适合做水田，所以被改成了旱地，分成了几个区域，区域之间有宽阔的通道。

走在中央的通道上，爱伊莎皱起了眉头，心想："声音不是这块地里的奥乐稻发出的。"

这块地里的稻子发出的声音也很可怕，可那个声音却让爱伊莎觉得异常恐惧。

"气味之声"从他们正在前进的方向随风飘来。

前方是一个与周围景致格格不入的奇妙的东西——高墙。一堵高墙挡住了前方那个区域。"气味之声"像烟雾一样翻滚着，越过那堵墙，沉到地上，紧贴着地面向爱伊莎的方向飘来。

米莉雅走到那堵墙前面，停下来看向爱伊莎他们。

"快点儿走。"

仔细一看，墙上有门。等爱伊莎和奥拉姆走到身边，米莉雅咚咚敲响了门。门从里面打开。

"快进儿来！"

爱伊莎和奥拉姆快步走进去，米莉雅也紧跟着走进去。站在门边的士兵马上把门关上。

头顶上盖着一张网，所以光线有些暗，但并不黑。

里面很闷热，像个蒸笼，让人喘不上气。因为四周被墙壁包围着，这里就像一个装虫子的大笼子。放眼望去，四处种满了奥乐稻。

爱伊莎忍不住呻吟出声，双手掩面。奥乐稻的"气味之声"撞击着四周的墙壁，像汹涌的海啸一样裹挟着爱伊莎。

“爱伊莎，你怎么了？”

米莉雅吓了一跳，手扶着爱伊莎的肩膀问。

爱伊莎手捂着脸，挤出一句话。

“你们在干什么？故意让奥约玛吃这些稻子……”

米莉雅抬起眉头。

“你真厉害啊，看到这个网就已经知道了对吧。”

奥拉姆沉着脸，走到奥乐稻旁边，伸出手轻轻去摸那些稻子。下一刻，他震惊地说：“这些稻子成熟了！明明爬满了奥约玛……”

米莉雅笑了起来。

“是的。你们俩来的时候虽然还没用奥约玛进行实验，但技术人员们说在海风中也能长大的这种奥乐稻比普通奥乐稻茎更粗，稻株又大又结实，应该能长大。果然像他们说的，这些稻子成熟了。不但成熟了，还能食用。”

奥拉姆惊恐地回过头。

“你们竟然吃了？”

“吃了。当然，一开始是用狗来试的。狗吃了以后活蹦乱跳，又让犯人试吃。所有吃了的人身体都没出现什么问题。”

米莉雅看着奥乐稻，眯起眼睛，说：

“奥格达的技术人员做成了连你们这些香使都没能做成的事。通过细微调整肥料的用量，成功培育出了可以食用的奥乐稻，而且保留了它的韧性，能够抵抗海风的侵袭。只是……”

米莉雅的视线回到爱伊莎与奥拉姆身上。

“就连这种奥乐稻也没法收获稻种。”

迎着她的目光，奥拉姆低声说：

“你问我们也没用。在这个世界上，只有四个人知道这件事——香君大人、皇帝陛下和新旧卡修加家族的家主。”

米莉雅绷紧嘴角。

“是啊，否则也不会轻易把香使派到各个藩王国去吧。香使也是人，也可能背叛帝国。”

说完，米莉雅猛地把视线转向爱伊莎。

“即便如此，你们也比我们更了解奥乐稻。请你们竭尽全力，设法获得这种神奇的奥乐稻的稻种。”

米莉雅说着，笑容从她脸上消失。

“你们知道帝国本土有个农村地区，叫约格塞纳吗？”

奥拉姆一脸“你突然说什么呢”的表情。

“当然知道。”他说。

米莉雅脸上的笑意加深。

“那你们肯定也知道约格塞纳离奥格达很远吧。”

“……”

米莉雅笑得更开心了。

“约格塞纳也出现了奥约玛虫害。”

爱伊莎猛地睁大了眼，奥拉姆的脸上也难掩惊愕的神色。他盯着米莉雅，颤抖着声音问："这是帝国公布的消息吗？"

"是的。前几天公布的，但我想帝国应该早就知道了。所有的藩王国应该都已经意识到，奥约玛的出现不是我们奥格达的错。

"奥约玛可能在任何地方出现，很快就会扩散到帝国本土吧。"

米莉雅直勾勾地看着爱伊莎：

"你一定要想办法收获稻种。如果成功，不仅能拯救奥格达，还能拯救所有依赖奥乐稻生存的人。"

等回到宿舍，只剩他们两个人，奥拉姆迫不及待开口说：

"事情一发不可收拾，我们必须慎重考虑该怎么办。"

奥拉姆情绪激动。

"她让我们找到收获稻种的方法。绝对不能这么做！就算我们找到办法，也不能告诉藩王国，否则帝国就会崩溃。但是……"

奥拉姆一脸苦恼。

"如果奥约玛在帝国本土出现的事是真的，那么就像米莉雅所说的，那种奥乐稻将成为拯救人们的希望之光。"

爱伊莎点头表示赞同。

终于，不仅在奥格达，各地都开始出现奥约玛。

这是他们一直担心的事。虽然长久以来，他们为此做了各种准备，可是不管在哪个地方，他们都还没有找到最关键的解决办法。如果奥约玛扩散得太快，很可能出现饥荒。

焦虑和恐惧沉甸甸地压在爱伊莎胸口。除此之外，还有其他的情绪在她心底翻腾。

爱伊莎盯着奥拉姆，低声说。

“不管怎么样，我们只能试着去做。就算能找到办法，也要花很长时间，所以我们还有足够的时间来思考该怎么办。”

奥拉姆点点头。

“是啊。你说的对。我们只能试一试。”

奥拉姆把古力娜送来的果酒倒在碗里，喝了起来。爱伊莎没有碰果酒，默默地吃着晚饭，味同嚼蜡。爱伊莎机械地动着嘴，内心十分矛盾。

她知道怎么收获稻种。——在塔克山庄，马修和奥莉耶第一次和她恳谈的时候就告诉了她。

给用来收获稻种的奥乐稻施肥时，肥料里加上青香草根磨成的粉。

在一年的最后一天，旧年和新年相交的那个黎明，新旧卡修加家族的家主进入肥料仓库，把粉末撒进取稻种的奥乐稻用的肥料里。

就是这么简单。撒上这些肥料，奥乐稻的稻种就能发芽。

奥莉耶曾经对爱伊莎说：“《香君异传》里记录着‘青香草把沉睡的奥乐稻唤醒’。”

奥乐稻用的肥料拥有使稻种沉睡的力量，而青香草则拥有使沉睡的稻种觉醒的力量。

青香草和奥乐稻一样，都来自异乡。它们之间或许有某种关联。

和异乡无关的人闻不到青香草的气味，就像奥莉耶。

把青香草打成粉末，混进肥料里，就更没人能闻出来了。所以，肥料的秘密才得以一代又一代被保守下来。

“这里没有青香草。”爱伊莎心想。毫无疑问，在岛上培育不出能收获稻种的奥乐稻。

虽然应该感到沮丧，可这对爱伊莎来说未尝不是一种解脱。

奥拉姆把收获稻种的希望寄托在那种奥乐稻上，可即便如今爱伊莎知道了它的重要性，也还是对这种无视“最低下限”培育出来的稻子感到恐惧。

是因为那个叫声吗？

那种奥乐稻就算被奥约玛啃食，也没有屈服，顽强地生长着。因为一直被啃食，所以它们或许是在拼命呼唤奥约玛的天敌。但是，奥约玛的天敌却丝毫没有回应这种“气味之声”，飞来拯救它们的迹象。

“如果奥约玛的天敌能飞来，吃掉奥约玛拯救奥乐稻，那大家就能不用挨饿。”爱伊莎在心里想。

可是，为什么那个叫声会那么可怕呢？

吃完晚饭，奥拉姆回了卧室。爱伊莎凝视着烛光在餐桌上舞动的影子，呆坐了许久。

· 15 ·

马修与藩王母

古力娜一边把端来的早餐摆在桌上，一边说："今天一天请你们待在这个屋子里别出去。"

奥拉姆挑了挑眉问："为什么？"

古力娜耸了耸肩，说："因为今天是藩王国视察官来巡视的日子。"

说完，她跟二人打了个招呼，走了出去。

奥拉姆走到门口，往外望了望，走了回来。他一边拉开椅子，一边说："监视的人变多了。"

"要是有办法让他们知道我们在这里就好了。"

"是啊。"

爱伊莎望向窗外。

天气晴朗，天空一碧如洗。

“马修大人……”

期望和绝望在心中交织，这让爱伊莎很揪心。

爱伊莎听说岛屿的定期巡视由管理岛屿的官员负责，所以今天来的不是马修。即便如此，她还是抑制不住地激动。

她想见马修，有很多话想跟他说，有很多事想跟他商量。

大家过得怎么样？奥莉耶大人还好吗？约格塞纳出现了奥约玛，她会不会觉得这是她的责任，为此感到痛苦不堪呢？

秘密耕地怎么样了？米尔查和乌查爷爷还好吗？

想这些也没用。虽然她一直强迫自己不要去想目前的处境，可她还是常常感到很痛苦，觉得快要窒息了。

“被关在笼子里的鸟，从笼子里仰望天空的时候，是不是和我现在想的一样？”

望着蓝天，爱伊莎突然生出这样的念头。

米莉雅正在等待藩王国视察官的到来，她的表情有些沉重。

昨天晚上，她接到消息，要来的不是管理岛屿事务的官员，而是马修·卡修加。她想了很多理由，心里惴惴不安。

“算了，想也没用。”米莉雅心想。

就算是发生了什么，等知道到底是什么事再设法应对也不迟。正这么想着，门外传来钟声，表明访客已经到达。

“请他进来！”

对家臣说完，米莉雅从椅子上站起来。

门打开，马修·卡修加一个人走了进来。看着从容不迫，缓步走来的男人，米莉雅想起儿子对她说“马修·卡修加一个人来，不带护卫”。

这个男人看似毫无防备，可米莉雅仿佛听到他在说“我虽然孤身前来，却代表着帝国”。

米莉雅一边走下台阶迎接马修·卡修加，一边凝视着马修。

“藩王国视察官大人。”

“藩王母殿下。”

二人打完招呼，米莉雅用手做了一个请的动作，说“您请入座”。

马修·卡修加点了点头，停了一会儿才坐下。

是被什么吸引了注意力？还是身体不舒服？马修脸上闪过一丝心不在焉的表情。

米莉雅不禁开口问：“您没事吧？”

马修回过神来，看着米莉雅，微笑着说：

“失礼了。我没事。只是有点晕船，没什么大事。”

二人相对而坐，一边喝茶，一边聊着些轻松的话题，比如“坐船来的路上怎么样”。然后，米莉雅把事先准备好的各种资料递给马修。马修一边看，一边确认了几个问题。

需要完成的一系列的工作结束后，下人端来新的茶水和点心。米莉雅问马修：

“今天竟然是您来，我真有点儿吃惊。”

马修笑了笑。

“很抱歉，我不太喜欢坐船，所以之前一直把这些事交给管理岛屿事务的官员来处理。今天，我想好好跟您谈一谈，所以来了。”

“您想谈什么？”

马修不经意地将视线投向在场的家臣们，说：

“不好意思，如果可以的话，我想和藩王母单独谈谈。”

语气虽很温和，却是命令的口吻。

米莉雅挥挥手，让忧心忡忡的家臣们退下。

家臣们走出房间。窗户在海风吹拂下，发出吱吱的响声。

马修看着窗户的方向，好像在倾听风声。

“您想谈什么？”米莉雅有些焦躁地问。

马修将视线转回米莉雅身上。

看着那双眼睛，米莉雅吓了一跳。——眼前的男人，和刚刚还一脸温和的男人判若两人。

“您胆子真大，”马修开口说，“有些底线是不能跨越的。”

米莉雅故作惊讶。

“欸？我做了什么让您不快的事吗？”

“嗯。掠劫香使是大罪，用你这条命都无法弥补的罪过。”

米莉雅装出一脸困惑的样子。她想过马修可能会说些什么，也包括这件事，所以并没有很吃惊。

“我……”

米莉雅刚一开口，马修就伸手打断了她。

“没用的话咱们就别说了。我知道他们在这里，就算你不承认也没用。”

米莉雅歪着头，说：

“没用？怎么会？我没有抓香使。就算你故意找碴，没有证据也不能治我的罪吧？”

马修摇摇头。

“不需要证据，因为我不想治你的罪。”

“……？”

米莉雅皱起眉头。她不知道马修到底想干什么，心里很焦急。

“一边说我有罪，一边说不想治我的罪？”

“嗯。”

点了点头，马修笑着说：

“你绑架香使这件事，我不打算追究。但你如果不马上放了他们，把他们带到这里来，就会被追究其他的罪名。”

米莉雅眯起眼。

“其他罪名？”

“是的，煽动谋反罪。”

“……”

“我的部下详细调查了为你女儿玛雅拉制作戒指的那个珠宝雕刻师。”

米莉雅感觉头皮紧绷，好不容易才在表面上维持不动声色。

马修以淡淡的口吻继续说：

“你处事确实很谨慎。如果不是那个珠宝雕刻师碰巧因为其他事被抓，并向我们提出要做一个交易，我们根本发现不了。把戒指上的宝石做成可拆卸的，把书信藏在里面，这个方法并不罕见。可利用宝石的雕刻和装饰作为密码的关键，却不是常人能想到的。”

“……”

一股凉意从胸口蔓延开来，米莉雅闭上了眼睛。

和往常一样，马修的声音听起来没有什么感情。

“我让部下从他徒弟口中问出了使用方法，并用这个方法解读最近刚拿到的‘奥格达曙光’送给伙伴的密信，确认那就是解开暗号的关键。我们一直很小心不让他师傅知道，所以你女儿应该还没发现。”

“……”

“藩王母。”

听到马修叫她，米莉雅慢慢睁开眼睛。

马修直勾勾地看着她。

“你的生死掌握在我手里。不过，对于你是‘奥格达曙光’的首领一事，我现在并不打算采取什么措施。”

米莉雅眯起眼，开口说：

“只要我把两位香使交给你？”

马修点点头。

“只要你把两位香使交给我。”

米莉雅苦笑道：

“你以为手里捏着我的把柄才这么说的吧。那个香使之所以那么重要，是因为她是负责秘密耕地的密使吧？”

看见马修眼里有一丝动摇的神色，米莉雅接着说：

“就像你手里有秘密武器一样，我手里也有秘密武器。我也有不少耳目。我知道你母亲是西坎塔鲁人，也知道是你把那个叫爱伊莎的香使从西坎塔鲁带出来的。”

米莉雅面露微笑。

“你是新卡修加家族前任家主的养子，和现任家主，也就是你的兄长关系并不和睦，反倒是跟拉奥·卡修加走得更近。这样也就不难看出这次你特地来接爱伊莎的理由了。顺便说一句，我已经安排好，有办法让伊尔·卡修加知道那个叫爱伊莎的香使就是密使。”

笑容从米莉雅脸上消失，她厉声说：

“马修·卡修加，船要沉了！有些人或许要等你乘坐的船沉没后才会告发你，可在沉船的消息传到前，会有人巧妙地向伊尔·卡修加告发你，我已经安排好了。”

马修的眼角慢慢露出笑意。

“没必要把船弄沉。你尽管把这事告诉我兄长。就算没有证据，只要有人告发，他也会采取行动。不过，这对我构不成威胁，我们也认为差不多该告诉他了。正如你所知，帝国本土已经出现了奥约玛。”

说到这里，马修脸上的笑容不见了。

“信不信由你。拉奥大师一直在拼命想办法，好让百姓不至于饿死。利用‘密使’装神弄鬼，在奥格达的山里耕种秘密耕地，也是因为这个原因。”

海风吹动窗户，发出轻微的声响。

“奥约玛虫害在以惊人的速度蔓延，我没有时间说服兄长。在利用政治手段进行种种交易的时候，奥格达不知道又会有多少人饿死。哪怕能少让一个人饿死，对我们来说都是好的。

然而，现在我们没有时间用那样的方式解决问题了。现在在远离奥格达的帝国本土也出现了奥约玛。在这种情况下，我们很有可能与兄长达成一致。”

马修平静地接着说：

“说实话，我现在没工夫管‘奥格达曙光’。像这样的组织，当它躲在暗处、身份不明的时候才是威胁。现在情况已经发生了变化。而且，为了维持奥格达的稳定，我不认为随意处置‘奥格达曙光’是明智之举。”

不知是马修说话时的表情还是声音让米莉雅产生了这样的感觉，她觉得他说的是真心话。

或许是因为他母亲的关系，马修 · 卡修加对藩王国很好。——米莉雅曾听西坎塔鲁的藩王这么说过。那时，她心想“怎么可能”。但自那以后，她又听到过几次类似的评价。因为很少能从利害关系、处境、立场不同的人嘴里听到类似的评价，所以她一直记得这些话。

还有，被视为帝国事实上的掌权者的伊尔·卡修加对马修抱有戒心，讨厌他，也说明他和伊尔·卡修加的想法是不同的。

“不能让这个男人回到帝国。”米莉雅心想。但她手里的“武器”根本不足以与马修手里的“武器”匹敌。

就像他说的，揭发他“让村民们开垦秘密耕地的是旧卡修加家族”，对他来说可能真的无关痛痒。

“如果不是这样，他不会说把奥拉姆也放了。”米莉雅在心里琢磨。

如果不想让伊尔·卡修加发现秘密耕地的事，奥拉姆现在这样对他来说应该是最好的。

“也没准是想把他带回去，让他彻底消失。”米莉雅又想。

如果是这样，那真是求之不得。

不过，这个男人或许会让奥拉姆消失，却不会让爱伊莎消失。

此刻，米莉雅无比后悔让爱伊莎和奥拉姆知道了岛上正在进行的事。

不可能不放这两个人走。

“可是，让他们走的话……”

在海风中也能茁壮成长，不怕奥约玛虫害的奥乐稻的存在就会暴露。

让这个男人消失，女儿和自己都会被问罪；不让这个男人消失，也会被问罪。

米莉雅拉开椅子站起来，踱步到窗边。与其说她这么做有什么目的，不如说是为了争取更多思考的时间。

“藩王母。”

米莉雅听到马修对她说：

“尽管你还有顾虑，但还是把他们二人放了带来的伤害更小。这点你应该很清楚。”

“……”

“即便如此，您还是这么犹豫，是因为窗外那些东西吗？”

米莉雅猛地转过身。

马修目不转睛地看着她。

·16·

马修的提议

米莉雅沉默地看着马修。

马修面不改色地看着米莉雅。

“究竟是谁？”

米莉雅脑海中闪过几个可能的内奸人选，转念一想现在想这些也没用。

米莉雅笑得一脸凄凉。她珍而重之的那一点希望，此刻如梦幻泡影，从眼前消失。

“果然还是应该把船弄沉。”

马修叹了口气。

“我说不希望有人饿死，这话这么让你难以相信吗？”

米莉雅眨了眨眼。

领悟到马修话中之意，米莉雅目不转睛地盯着他看。

“什么意思？连同我们擅自种植奥乐稻的事，你也不打算追究吗？”

马修点了点头。

米莉雅皱起眉头问道：

“为什么？为什么放过我们？”

“揭发你，对我有什么好处？”

面对马修令人意外的问题，米莉雅反问道：

“好处？——不允许擅自种植奥乐稻，不是为了保护帝国必须做的吗？”

“此前确实如此。”

“……？”

“你不明白吗？现在，帝国正面临着可怕的危机，很多百姓可能饿死。”

“……”

“如果在海边也能种植奥乐稻，将是个很大的希望。”

马修眼中浮现出刚才没有的光芒。

“那边种的那些奥乐稻能吃，对吧？”

米莉雅点点头。

“能吃。不仅能吃，即使被奥约玛侵袭也能成熟，而且产量比以前更高。”

马修瞪大了眼睛。

“你说的是真的吗？”

“是的。”

马修脸上露出灿烂的笑容。米莉雅从没想过会在这个男人脸上看到少年般的笑容。“我原本只以为岛屿或许能逃过奥约玛虫害，现在看来，何止是能逃过！”

马修雀跃地继续说：

“藩王母，你想想。我们让村民开垦了秘密耕地，会揭发这一切，亲手摧毁大家的希望吗？”

眼看就要熄灭的希望之光又发出微弱的光芒。米莉雅盯着马修看了一阵。

“说实话，”米莉雅说，“某种程度上，我觉得可以相信你。可是，我不认为伊尔·卡修加会放过我们，不追究我们擅自种植奥乐稻一事。”

马修点了点头。

“你说的没错。不过，我有办法。”

“什么办法？”

“你们主动上报。”

“……？”

“报告发现了‘撒落的奥乐稻’，这个制度你应该知道吧？”

一听这话，米莉雅就明白了马修在想什么，顿时觉得眼前一亮。

“奥乐稻繁殖能力惊人，有时会在农民没有发现的情况下，在让人想不到的地方发芽。这样的稻子就算长出一大片，只要主动向香使申报，就不会被问罪。”

心里热流涌动，米莉雅轻轻舒了口气。

“可是……可是，如果是主动种植的话，这个借口就不管用了吧。”

“你看这么说行吗？”马修说，“在帝国没有伸出援手的情况下，你一直在苦苦思索该怎么让本国人民免受饥饿之苦。奥格达有很多岛屿，你觉得远离大陆的岛屿不会遭遇奥约玛虫害，就想能不能在岛上种植奥乐稻呢？于是，你开始尝试在这个岛上种植奥乐稻。经过反复尝试，终于种出了能在海风中生长，并且可以食用的奥乐稻，还发现这种奥乐稻竟然不怕奥约玛！”

“……”

“这很像你会做的事，我的兄长他也会相信吧。”

米莉雅拧起眉头。

“他可能会相信，但不会放过我们。放过我们将有损帝国的威严，无异于承认他怀疑奥格达是错的。”

马修摇了摇头。

“如果在不久之前，兄长可能还不会宽恕你的行为，但现在事态发生了变化。在远离奥格达的帝国本土出现了奥约玛，藩王国已经知道他指责奥格达很可能是错的。承认错误，对他来说是一种打击。可另一方面，如果不承认错误，藩王国就会质疑帝国是否公平。奥约玛虫害已经暴发，并向帝国本土蔓延。面临这样的危机，他必须避免上述情况出现。”

马修撇了撇嘴。

“兄长虽然是个冷酷无情的人，但他绝对不会为了自己的尊严与利益而做出危及帝国的事。能够始终如一地做到这一点，从某种意义来说，他很伟大。”

“……”

“人们一直认为在海边种不活的奥乐稻成熟了，而且，不怕奥约玛，还能食用。这对帝国来说是一笔无法衡量的巨大财富。况且，比起把罪名强加给奥格达，对奥格达伸出援手，才能更好地控制藩王国。兄长正在考虑怎么把高高扬起的鞭子放下，对他来说，没有比这更好的理由了。”

“……原来如此。”

米莉雅离开窗边，拉开马修对面的椅子坐下。

“但是，如果同意藩王国用自制的肥料种植奥乐稻，就会削弱对其他藩王国的控制。”

马修微笑着说：

“这个问题也有办法解决。因为你还没有逾越帝国的底线。”

“底线不是指‘未经帝国允许擅自种植奥乐稻’？”

“不是。”

“底线到底是什么？”

“培育稻种。”

米莉雅瞪大双眼。

“……啊！原来如此。”米莉雅心想。

对帝国来说，可怕的不是藩王国能独立种植奥乐稻，而是它们在脱离帝国控制后还能种植奥乐稻。

“兄长他很清楚你没有踩过这条底线，也没有能力踩过这条底线。”

马修把视线转向窗外，接着说：

“像奥格达这样拥有发达的农业技术的藩王国进行了尝试，也没能成功收获稻种。——这反而有利于维护帝国的威信。兄长应该会设法好好利用这一点。

“我们也会为你说好话，想办法让‘帝国做出了错误判断’的罪过，和你犯下的罪行互相抵消。”

米莉雅盯着马修被晒得黝黑的脸，心情很复杂。

这种奥乐稻在海风中也能够成长，甚至能够战胜奥约玛。但是，用它培育不出稻种，藩王国不可能因此走向独立、繁荣。

本以为它是希望之光，结果却不过是射进“帝国”这个巨大的牢笼里的一道微弱的亮光。意识到这一点，米莉雅在心里深深叹了口气。

“如果那两个香使成功培育出稻种，事态会变得不同吗？”米莉雅在心里想。

长久以来，米莉雅一直在思考怎么与利格达尔及东西坎塔鲁达成合作。她梦想着藩王国暗中联合起来，积蓄实力，最终能摆脱帝国的桎梏。

当她得知在海风中奥乐稻也能生长时，而且，只要通过调整肥料的用量，就算被奥约玛侵袭，奥乐稻也能成熟时，米莉雅突然觉得这个梦有了实现的可能。

如果能掌握培育稻种的技术，奥格达在藩王国联盟中就能占据主导地位。她甚至觉得创建一个新的帝国，让奥格达成为盟主也并非痴人说梦。

但是，找到培育稻种的办法，恐怕要花很长时间。事到如今，已经没有这个时间了。“已经无计可施了……”米莉雅在心里感叹。

米莉雅叹了口气，说：“如果你能按你说的做，我就让你把香使带走。”

马修点点头，说：

“香使不是被你们绑来的，而是被你们请来的。请他们来，是想和他们商量在海风中也能生长的奥乐稻的事。至于奥拉姆为什么没有上报这件事，随便想想也能想出很多借口。如果你能解释清楚发生了什么事，我想奥拉姆也会同意配合你的。”

听着马修的话，米莉雅回想起看见海风中的金色麦浪时，内心的激动。虽然点缀着那段记忆的光芒已经无可挽回地褪去，但它并没有彻底消失。

不久，就要和伊尔·卡修加交涉。米莉雅开始考虑要怎么做才能在那个时候获得更多的利益。

纯白的风帆在晨光中闪烁着耀眼的光芒。

抬头仰望被海风吹得啪啪作响的船帆，爱伊莎叹了口气。

吉拉姆岛被远远地抛在后面，只剩下一个小点。

“终于可以回家了！”爱伊莎在心里感叹。

听马修说，在塔克大叔两个儿子的指导下，奥拉尼村的秘密耕地一切顺利，弟弟和乌查爷爷也过得很好，爱伊莎放下心来。可一听说她被软禁在岛上期间，奥约玛虫害迅速蔓延，令人束手无策，心里又焦虑起来。

焦虑中夹杂着不安。——她总觉得他们是不是正朝着错误的方向前进。

马修说服了奥拉姆。他说虽然违反了《香使诸项规定》，但为了使米莉雅培育出来的那种特别的奥乐稻成为拯救人们的“希望之稻”，请他务必帮忙。

如果真的能大量种植那种奥乐稻，如果它真的能战胜奥约玛，就能渡过这个难关，让很多人免受饥饿之苦。

奥拉姆一边听一边点头，脸上的表情也表明他将积极支持马修的想法。

如果马修的计划顺利实施，米莉雅就不会被问罪。

虽然被米莉雅掳走并监禁起来，但爱伊莎对她却讨厌不起来。知道有办法能救她，爱伊莎松了一口气。

帝国的人们和藩王国的人们都不会挨饿，米莉雅也能得救。——明知马修的办法百利而无一害，可不知为何，她始终感到有些不安。

爱伊莎叹口气，离开甲板，向船舱走去。

船上有些昏暗，充斥着她闻不惯的各种气味。爱伊莎紧抓着扶手，沿着不断晃动的楼梯，小心翼翼地向马修的船舱走去。

爱伊莎敲响船舱的门，听见屋里传来含混不清的回答，推开门走了进去。

船舱虽小，舱里很亮。光线和风从高处的窗户透进来。

马修躺在被固定在墙上的小床上。他的头发蓬乱，脸色也不好。爱伊莎有些吃惊，走近小床，看着他的脸问：“马修大人，您还好吗？”

马修低声说：“……不太好。”

然后，他看着爱伊莎说：“下次你被绑架的时候，最好被绑到没有岛屿的国家去。”

突如其来的玩笑让爱伊莎有些不知所措。她目不转睛地看着马修。因为晕船，他的脸色有些苍白，眼神却很明亮。

“马修大人他真的放下心来了，”爱伊莎心想，“我们被救出来了。更重要的是，有可能使人们免受饥饿之苦。”

把手搭在固定在小床旁的椅子背上，爱伊莎说：

“很抱歉在您不舒服的时候把您吵醒。我有些事想问您，不过还是等下船以后再说吧。”

“不，现在说吧。”马修说。

“您真的没事吗？”

“嗯。”

爱伊莎点点头，在椅子上坐下来。

“马修大人，关于那个奥乐稻的气味，您有什么想法？”

马修眯起眼睛，像是在回忆那个气味。

“……比起其他奥乐稻来说，气味更冲。”

“仅此而已吗？”

马修眼神亮了起来。

“你感觉到了什么吗？”

爱伊莎点了点头。

“我觉得很可怕。”

“可怕？那个奥乐稻？”

正要点头，爱伊莎又犹豫了，心想：“是这样吗？我害怕那个奥乐稻？”

也可以这么认为，可她总觉得还有些说不清道不明的东西。

之所以觉得生长在海边的那种奥乐稻可怕，是因为它和野生的奥乐稻很像。让她感到害怕的是它那种顽强的生命力，和被肥料控制的奥乐稻完全不同。

但是，听到被奥约玛蚕食的奥乐稻发出的呼喊声，她产生的又是另一种很不同的感觉。

马修没有催促，任爱伊莎慢慢思考。

想着想着，爱伊莎感觉有了一点头绪。

“与其说害怕那种稻子，不如说害怕它们发出的呼喊声。”

“呼喊声？”

“您没听到吗？”

马修苦笑着说：

“我没有你那样的能力。那个稻子的气味很浓郁，一走进藩王母的房间我就闻到了。仅此而已。”

说完，笑容从马修脸上消失。

“那种稻子发出了呼喊声？”

“嗯。”

点点头，爱伊莎说：“哦，对了，我说的稻子不是种在藩王母房间外面那些，可能因为这样您才没听到。”

“不是那些稻子吗？那是哪里的稻子发出了呼喊声？”

“在中庭的最里面，他们故意放出奥约玛去吃奥乐稻，是那些奥乐稻发出的声音。”

“也就是说，它们释放出了求救的气味？”

“是的。”

“奥约玛在吃我们，快来救救我们吧。这样的呼喊声？”

“嗯。它们一直在叫‘快来’。”

“有什么东西在听到那个‘气味之声’后飞来了吗？”

爱伊莎摇了摇头。

“什么也没有。它们应该已经这么叫了一段时间，可奥约玛的天敌并没有飞来。”

“这让你觉得可怕？”

“欸？”

“没有东西回应奥乐稻的呼喊声，所以你觉得很可怕？”

爱伊莎恍然大悟。——她从来没有这么想过。原来是这样！

植物们发出各种各样不同的“气味之声”，通过这样的方式交往。就像花儿被蚜虫咬，发出“气味之声”。听到它的声音，瓢虫便会飞来。

被奥约玛啃咬的奥乐稻发出“救救我”的呼声，却没有什么回应它们的呼声。不管是虫子还是鸟儿，都没有飞来。

“我是因此感到害怕吗？”爱伊莎在心里想。

向虚空发出悲鸣——得不到回应的悲伤的呼喊。

白光透过舷窗照进船舱，在地板上翩翩起舞。爱伊莎看着变幻的光线，说：

“我不知道。……可能是吧。”

爱伊莎感到一种说不出的焦躁。

“我不知道。只是，我很害怕，觉得不应该种那种奥乐稻。”

马修皱起眉头。

“为什么？”

“不知道，我就是那么觉得。但是……”

爱伊莎用手抵着胸口，凝视着马修，说：

“那是不顾‘最低下限’的规定种植出来的奥乐稻，也就是说，是第一代香君不允许人们种植的奥乐稻。”

“……”

“第一代香君为什么要把那个量定为‘最低下限’呢？如果用比那更少的肥料也能种出能食用的奥乐稻，为什么要以那个量为限？”

声音有些嘶哑，爱伊莎咳嗽一声清了清嗓子，接着说：

“我觉得她知道怎么样才能种出不怕奥约玛，还能食用的奥乐稻。正因为知道，才把那个量定为‘最低下限’。——为了不让大家种不出不怕奥约玛的奥乐稻。”

马修默默听着，不发一言。

看见他的表情，爱伊莎知道马修也注意到了这一点。

一阵高亢的叫声传来，像猫在叫。那是海鸟的声音。船外似乎有成群的海鸟在飞翔，很多叫声交相呼应。

终于，马修开口说：

“……看来你反对用那种奥乐稻来应对饥荒。”

爱伊莎凝视着马修。

她很想说“是的，我反对”，却犹豫着迟迟不敢说出口。

奥约玛正以惊人的速度扩散。照这样下去，会有更多人饿死。

“不要种那种能够拯救人们的稻子！”

这样的话爱伊莎说不出口。

“如果能知道第一代香君为什么不让人们种植那种奥乐稻，如果能知道奥约玛引发过什么样的灾难，我就能做出‘反对’还是‘赞成’的判断了……”

爱伊莎叹了口气。

“只是，我很害怕，觉得不应该种植那种稻子。”

“……”

马修再次陷入沉默，思考了很久，才开口说：

“抱歉，我很难受，没办法思考。这么重要的事，让我再好好想想。”

爱伊莎点了点头。除了点头，她不知道自己还能做什么。

图书在版编目（CIP）数据
闻香少女爱伊莎. 奥乐稻的呼声 /（日）上桥菜穗子著 ; 李青译. -- 广州 : 新世纪出版社, 2025.1. -- ISBN 978-7-5583-4470-1
Ⅰ. I313.45
中国国家版本馆 CIP 数据核字第 2024X6W402 号

广东省版权局著作权合同登记号　图字：19-2024-270 号

出 版 人：陈志强
责任编辑：耿　芸　李　丹
责任校对：陈姣姣
责任技编：王　维
封面设计：一　林

闻香少女爱伊莎 · 奥乐稻的呼声
WENXIANG SHAONÜ AIYISHA · AOLE DAO DE HUSHENG
［日］上桥菜穗子　著　李青　译

出版发行：南方传媒 新世纪出版社（广州市越秀区大沙头四马路 12 号 2 号楼）
经　　销：全国新华书店
印　　刷：三河市中晟雅豪印务有限公司
开　　本：700 mm × 980 mm　1/16
印　　张：18.5
字　　数：204.2 千
版　　次：2025 年 1 月第 1 版
印　　次：2025 年 1 月第 1 次印刷
定　　价：42.00 元